阅读即行动

朋友无用

友だちは無駄である

[日] 佐野洋子 著
王之光 译

Yoko Sano

北京联合出版公司

目录

小孩啊,可真够呛 …… 1
    也有人不需要朋友 …… 3
    学习平衡三角关系 …… 16

渴求亲人以外的他人时 …… 33
    受欺负,也挺好 …… 35
    玩耍不是为了培养友情 …… 43
    上了中学就懂了 …… 48

大家要展开各自的人生了 …… 71
    喜欢的人 …… 73
    人生一点点开始了啊 …… 82

情自然又唤起了情呀 …… 103
    学会伪善也很重要 …… 105
    女生朋友 …… 118

争吵与安慰 …………………… 124

　　无意义的事至关重要 ………… 129

　　友情是持续的 ………………… 138

长大后的我和女友都聊些什么 ……… 145

　　大家都对自己有误解吧 ……… 147

　　伤害他人的痛 ………………… 156

　　适应人 ………………………… 163

　　肆意任性 ……………………… 168

后　记 …………………………………… 191

小孩啊,可真够呛

也有人不需要朋友

😊 人,生来不就是一个人嘛。

身边紧挨着的是母亲,是大人。所以,每个产房都一个样,齐刷刷地躺着一排婴儿。我觉得婴儿之间没有友情。友情是从几岁开始有的呢,应该小时候就有了吧。可是追溯起来,最早把别人当成朋友是什么时候呢?

😊 你还能想起来记忆里妈妈最早的样子吗?作为一个近在身旁的人。

😊 我想想,记忆里身边都是大人啊!毕竟我是独生子嘛。

😀 我啊,完全想不起父母的样子了。因为我身边就是哥哥。脸的远近程度完全不一样。皮肤的接触面积也好,相处时间的浓度也好,父母都没法儿跟哥哥比。毕竟我们在一起咬啊滚啊拧啊打啊,闹个不停。虽然父亲一回家,我就会扑上去,让他抱我,但是不知道为什么,我对父母的记忆都是靠一个点、一个点连缀起来的。

😟 那时你几岁?

😀 几岁啊,生下来就一直这样吧。从记事开始,哥哥一直在我身边,我注意到的不是大人,而是兄弟姐妹里的哥哥。我们不是孤儿,父母都健在,也很尽责。他们守在我和哥哥的身后,让我们觉得很安心。但是,比起哥哥来,他们仿佛在远景里。没办法跟哥哥比。我和哥哥一直在一起,就是一直在一起玩。我俩打打闹闹,一起干这个弄那个。由此看来,他应该就是我的朋友吧。不过,我慢慢又意识到,兄弟姐妹和朋友是不一样的。不过,这种感觉很模糊。

😀 你从一开始就意识到了哥哥这个人吗?

🌙 觉得那是"哥哥"。身边就有一个这种样子的人。

😀 你最早和哥哥一起玩,是什么时候呢?

🌙 最早的记忆已经想不起来了。

从隐约记事开始,我的生活里就一直有哥哥。

在中国的院子里和哥哥一起过了好几年吧,虽说小孩子也分不清一年有多长。

😀 说到院子,我没去过中国,你说的院子跟日本恐怕不一样吧。日本的房子,过去就算住在城市里也有绿篱,感觉跟邻居家是连在一起的。

🌙 中国的院子啊,感觉像进了一个大箱子。还有那种胡同,去奈良之类的地方,寺院的围墙不是很高嘛。中国的院子就是用那么高的土墙围起来的,有门,但没有空隙。门也永远关着。有人来了,开一下又关上了。所以,人一直在里面。

☺ 只有你们一家人住在里面吗?

🌙 对。

☺ 你们和外面没有接触吗?

🌙 没有。现在想来,当时就是在一个密封的容器里。那段时间,邻居家领养了个小孩,是个女孩。

😃 他们也是日本人?

🌙 对。他们领养的孩子叫永惠,是个特别漂亮的女孩。大我一岁,所以我俩天天一起玩。但是,说不上来为什么,我在她身上没有感受到友情。

感觉她跟我有些不一样。不是因为她是个外人所以有些不一样,而是文化不一样。邻居阿姨好像是艺伎,会弹三味线。邻居叔叔的鼻子下面长了一撮胡子,脸上闪闪发亮,穿半长的灯笼裤,靴子上还有扣子。永惠会和着三味线唱曲。她的举止有点儿不一样。四五岁的孩子,手挺得直直的,笑的时候嘴嘟得像个樱桃。倒也不是跟大人学的,也挺可爱的,但我一直觉得永惠是在装小孩。永惠可能就是我的第一个朋友。

后来也有两次想跟同龄女孩交朋友的记忆。

一次是手指受伤去医院,有个和我年纪相

仿的女孩蹲在花坛那里。一个女孩蹲在那里,特别动人。单单是女孩这件事本身,看上去就很动人。

☺ 几岁时候的事?

☾ 四岁吧。

我就走到她身旁,想跟她交朋友。走过去蹲下身,问:"你几岁啊?"名字都没问。只对她是几岁感兴趣。

她四岁。听说我俩一样大,我特别高兴。我心想,我有朋友了,我们要永远当朋友。其实也就是三五分钟的时间,母亲就拽着我回家了,我心里那个不舍啊,留恋啊,还很遗憾。那时我意识到自己有想找别的女孩交朋友的意愿了。

☺ 那时你不是有哥哥一起玩吗?

👤 但是一个朋友不够啊,还想要有很多朋友。

后来还有一次,在电车上,那时北京有有轨电车。小孩子嘛,脱了鞋子,趴在车窗上往外看。反方向上刚好开来一辆电车。电车停下来的时候,我这边的车窗恰好和对面的车窗相对,对面又恰好坐着一个和我一般大的女孩。我特别高兴,伸手过去,对面的女孩也把手伸了过来,我们的手就握在了一起。

😊 越过车窗?

👤 对。结果,我父亲大喊"危险",特别生气,说,手扯断可怎么办。父母嘛,当然会担心。但是,我不想松手。真的就几秒的时间,两辆车就擦肩而过了。这两次都是我想交朋友的记忆。

😊 这也是四五岁时的事吗?

☽ 嗯。你有这样的经历吗?

☺ 唔……几乎没有。

☽ 那你每天干什么呢?

☺ 我上幼儿园之前基本没有同龄的朋友。当然,父母朋友的孩子来家里,我们也一起玩,但是没有什么记忆了,也没有像你那样想要交朋友的记忆。

接着不就去幼儿园了嘛。上了幼儿园,总应该能交到朋友的,可是我完全想不起来在幼儿园有什么朋友了,只记住女老师了。

☽ 真色啊。

☺ 记住的还是一个年轻老师。我坐在她的腿上,被她抱着。我好像没有怎么跟朋友玩过。

😀 你现在觉得为什么不想要朋友呢?

😊 天生的吧?真的就是天生的。独生子女一般都是一个人在家翻弄点什么,多数情况都是这样。

😀 这个嘛,你可能是个特例。我儿子也是独生子,他四岁左右时,我带他去公园玩,看见一群不认识的小孩在那儿玩沙。他手里拿着一个奥特曼,就高举起奥特曼,唱起"奥特曼有爸爸,奥特曼有妈妈",边唱边绕着那几个小孩走了一圈。自然而然地就融入那个小团体了。

所以说,独生子女不需要朋友,这不是普遍现象。

😊 嗯,大概五岁的时候吧,有一家人跟我家关系很好,他们家有一个比我小一岁的妹妹和一个比我大两岁的哥哥,他们是我在学校之外仅有的好朋友。有年夏天,我们一块去鹄沼玩。鹄沼那里有一群和我同样大的小孩,大家全扎在一块儿玩。当时留下的记忆,好像还是一种强烈的不安和恐惧。

🌙 为什么不安,为什么恐惧呢?

😰 有一群和自己同样大的陌生小孩在,总有一种无法融入的感觉,我经常这样。有个原因是,我有心内膜炎,一下海就喘不上气来,心里很烦燥,所以无法融入的感觉跟我当时在海里又害怕又难受的状况有关。不过,同去的那个小我一岁的女孩在海里游泳,往我身上泼水,我也特别烦。

🌙 那多好玩啊。

😰 嗯,所以说,我一开始就有种跟朋友融不到一起的感觉,所以小时候和朋友在一起从来没觉得开心过。

🌙 小孩子不会盘算什么开心不开心,天然就会凑过去。

😊 所以,我天然就不会凑过去。

🌙 莫非你不是小孩?

😊 自己的事,自己完全不懂啊。

🌙 这对你的人格形成有什么影响吗?

😊 长大后才发现有影响。其实是最近才发现的,会想自己是真的不需要朋友吗。我意识到交朋友和人格形成、工作以及生活方式深刻相关。可是,我之前并不觉得有什么不自在。

长大后我也从来不认为,人真的需要好朋友。

🌙 猫生来就一直用猫的方式生存,并不会觉得不自在,你肯定也是一样吧?

😺 对对,就是这样啊。

🌙 可能把你当作病例研究比较好吧。
毕竟,太想交朋友也是病啊。

学习平衡三角关系

😐 你和你哥哥一起玩什么呢?

🌙 什么都玩。扮医生啊什么的。

😐 哈!

🌙 这个啊,跟你说,跟哥哥玩和跟朋友玩,玩得完全不一样。

😐 好吧,扮医生的事晚会儿再聊,你和你哥哥都玩什么呢? 一起胡闹,一起翻来滚去,这是朋友最基本的意义吧。我就没有这种记忆。

上小学以后,朋友过来搂我的肩,我生理性

地抗拒。我是不愿搂肩的那种人,所以也几乎不会和朋友像小狗那样抱在一起翻来滚去。

你呢?

🌙　我晚上睡觉的时候一定会拉着哥哥的手。白天睡觉的时候也要拉着手。我扮演妈妈的话,哥哥会陪我一起玩;哥哥开电力机车时,我在他身边静静地看着,帮忙连个线路什么的。他让我帮忙连接线路,但是之后就不许我再碰了。即便如此,我还是很激动地看他开电力机车。要是车坏了,我就很担心,不知道该怎么办好。

☺　男孩和女孩玩的东西没区别吗?

🌙　我觉得没有。

☺　那你跟哥哥一起玩,有过无聊的时候吗?

🌙　完全没有。无论哥哥做什么,我都想模仿他。模仿就是玩耍的开始吧,为了模仿开启一天的生活。早晨起床,窗户上结了冰花。哥哥被打动了,我觉得自己也得被打动才行,看着看着真的就被打动了,每朵冰花的形状都不一样。然后,自己就知道了哪朵最漂亮,两个人争抢最漂亮的那朵,为了证明那朵属于自己,于是用指甲咔咔使劲儿抠。接着就打起来了。

一天就这样开始了,之后我一直黏着他。完全不会觉得无聊。

😀　这不也是一种特殊病例吗(笑)?

🌙　我跟你说啊,我们不会玩啊玩,玩烦了觉得无聊。往往是自然而然就打起来了。然后沉浸在打架这件事里。说到沉浸,一件事不喜欢但还是能沉浸其中,说明其实并不是不喜欢。

而且,一打架,恨劲儿真的就起来了。小孩

不懂得体谅。他也是一脸恨恨的表情。嗯,其实挺好的。恨,意味着彼此的互动挺充分的。

然后两个人又滚在一起,和好如初了。打完再和好,两个人都会对彼此特别好。这种事,一天中会不停发生。

☺ 那时你们家里只有两个孩子吗?

☽ 还有弟弟。我妈的肚子没有空过,隔两年就生个孩子,我们兄弟姐妹间都是相差两岁。

☺ 就是说,你四岁左右时还有个两岁左右的弟弟。那你对弟弟完全不感兴趣吗?

☽ 没什么兴趣。

☺ 可是,一般弟弟长到那么大,不都会想跟哥哥们一起玩吗?

🌝 他很碍事。我们玩的时候,他来瞎搅和。一起玩耍培养不出人性来,那时就是小猫小狗的阶段。后来,我才知道自己是当姐姐的,会照顾他,跟小大人似的。

不是只对弟弟是这样,做朋友的话,小一点儿的孩子都没意思。没过多久,我家后面的邻居添了个孩子,那小孩才刚会跟跟跄跄往前走,她妈妈就让我带她一起玩。很没意思,跟人玩又不是我的义务。所以,很没意思,我就会使坏。

😢 欺负那小孩吗?

🌝 也不是欺负。比如那孩子还小,有很多漂亮娃娃啊,漂亮的玻璃纸啊,我就让她都拿来。我用嘴弄成灯笼果一样的形状。就是用嘴吸,做成这么大点儿的小气球,做了一大堆。那个小孩也想做,我就说,她还小,只能看。跟智力不一样的人一起玩,很没意思,不是吗?

😮 嗯……那你和你哥哥那种乌托邦似的玩耍持续到几岁呢?

🌙 嗯……到哥哥去上幼儿园。我还跟着哥哥去过幼儿园呢。哥哥在那里和外界接触,创造了一个外面的世界。

😮 哥哥创造了一个外面的世界,你有被背叛的感觉吗,或者觉得悲伤吗?

🌙 完全没有。

😮 你觉得自己不管怎样都是哥哥的伙伴吗?

🌙 嗯,人是有差别的,"妹妹"就是个女小不点儿。但是,哥哥在他的同伴中间也是个小不点儿。就算这样,他也要黏着别人,就算是最后一名,也要参与别人的游戏,拼命地做一样的事。

比如爬树什么的。

😀 这样的话,你和哥哥一起玩的东西就不一样了吧。之前像夫妻一样,现在哥哥开始在外面的世界生活了,你和哥哥的关系有变化吗?

🎵 在家里一点儿都没变。小孩子嘛,在外面的玩耍算不上是友情,好像没有情谊这回事。当下散发热情,当下结束,说起来像天气。后来想想,好像并不存在跟谁情深意重这种事儿。就是一瞬间一瞬间,燃烧殆尽,坏心眼也是,对人的那一点好也是。

😀 你哥哥是怎么想的呢?

🎵 不知道。

😀 哥哥去幼儿园的时候,你干什么呢?

🌛 有时会去接他。就是一心等着他回来吧？

🌞 你哥哥上幼儿园以后，不和班上的朋友玩吗？

🌛 哥哥也不是只有幼儿园的朋友。他没有带幼儿园的朋友回家玩过。到了那个年纪，活动半径也扩大了，我们开始和附近的孩子一起玩，每天玩到傍晚才回家。

父亲朋友家的小孩来我们家里玩，让我有种朋友的感觉，出生后第一次认识了有来有往的人。其中有一个和哥哥同岁的男孩，我把他当作哥哥的朋友来相处。我很喜欢他。想嫁给他。也就是四五岁的样子吧，我已经在学习平衡三角关系。三个人在一起，不会形成正三角，无论如何都是二对一的关系。因为我想嫁给那个男孩，所以总是黏着他。他又是独生子，就跟我组队了。那一瞬间我高兴坏了，都乐开花了，跟做梦一样。他给了我一支新铅笔。然后,我就从梦里醒过来了,因为哥哥正羡慕地看着我。

我厚着脸皮跟那男孩说,能不能给我和哥哥一人一支。那小孩很小气,拿走我手中的铅笔,给了哥哥。我特别失望,但好像也心安了。然后,我对哥哥说,我俩一人用一半,孤立那个孩子。说完就慌了,毕竟人家是客人,这样很不礼貌,而且他那么任性,万一哭起来就麻烦了。想到这儿,我就开始夸他铅笔盒上的画好看(笑)。三个人开始一起夸,特骄傲,说,这可是外国货,全北京独一份儿。我心里就闲不下来,可能总想着把不一样的三个人拢在一块儿。

我想嫁的那个男孩,我对他有喜欢,也有敌意。他是独生子,所以总是高高在上。独生子嘛,比我们这种兄弟姐妹一大堆的人阶层高,他总是穿得干干净净,衣服新崭崭的,熨得平平整整。

然后,哥哥突然开始画画了。我哥哥画画

好可是出了名的。我心想,这可是你自找的。果然,那个男孩磨磨蹭蹭不敢画。大快我心哪。结果,这回他俩成了一伙儿,因为觉得他们比我大就扬扬得意,把我这个小不点儿当傻子,净说些我不懂的事。然后,他俩一定会说:"洋子你还太小,没办法,等你六岁了,就能跟我们一样了。"

啊——啊,小孩啊,可真够呛。

孩子不知道明天的命运会怎样。

他们像身边的金龟子或小狗一样活一天算一天,玩累了睡,睡醒了又是一天。

面对命运手无寸铁。

突然,父母让我穿上最好的衣裳,我蹦蹦跳跳地坐上火车,开始在陌生的城市生活。还是像金龟子一样。

我在北京那个用土墙围起的家里住了五

年。如今回想起来,地面离得格外近。我经常蹲下来翻弄地面玩。

所有东西都很大,在很高的地方。母亲的脸永远在遥远的高处,要想凑到父亲脸前,只能攀着他爬上去。我能爬上椅子,但是爬不上桌子,桌子可以用来藏身。和父亲一同外出,我只能悬挂在父亲的手上,父亲牵着我的手,他的手又大又平,像团扇一样。父亲和母亲说着各种我听不懂的事。能听懂的,只有我知道的"物体名称"。

有一段时间,父亲和母亲聊天时经常说到"ボーナス"(奖金)这个词,我知道"ナス"(茄子)这个词,却不知道"ボー"是什么。感觉应该是很大的茄子。大人就是讲外语的外国人。拉门突然打开,母亲的脚出现在眼前时,那种巨大感总让我惊愕。

在我的世界里,总能出现在最恰当的地方、手脚大小又刚刚好的人就是哥哥。我们说着彼此能理解的语言,与和我们身体相称的东西相伴而生。我们不知道大人在做什么,同样的,大人们也不理解我们在做什么吧。大人和孩子不是同一种人类。无法相互理解。

一点点长大,我们也一点点扩展着活动半径。先是打开门,穿过土墙围出的胡同,走到长着四棵枣树的广场,完成冒险。我们看见广场上来了中国的卖水小贩和流动理发匠,还看到乞丐走着走着就倒在了地上。

后来,我们走到更远一些的广场,发现那里有很多日本小孩。

我们在那里一直玩到傍晚。学会了"想要那个孩子,不要这个孩子"①之类的游戏,也很快学会了"邻居婶婶来一下。鬼啊鬼啊好可怕,千

---

① 歌词源于日本儿童游戏"花一两"(はないちもんめ),这首童谣是对古代买卖人口的隐喻。小朋友分成两队,边唱边走,猜拳的胜方从败方挑人进队。

万不要过去呀"①。

在那里一起玩的那些孩子,模样我都记不得了。没有喜欢的人,也没有讨厌的人。彼此互为玩耍的道具。不过,短暂的玩耍里却塞满了喜怒哀乐。

一天短短的一段时间里,有哭有笑,有撒泼,有胡闹,甚至还有恐惧。

朋友很多,但并没有友情之情。那是一种更野蛮的袒露。可以诚实得不像话,也可以坦然地扯谎话。无私的同情心像烟花一样升起,也会因为某桩被说得像真的似的丑事开心。"加藤朝森林之神的石头上撒尿了,小鸡鸡都肿了,病倒了。"我们激动地小声议论,还夸大其词地说:"他会遭报应,会死的。"第二天,加藤真死了。

我们因为加藤的死难过了吗?我们只是吓

---

① 日本各地的"花一两"歌词略有不同。

了一大跳,在"报应"的威力下瑟瑟发抖。

　　加藤家正在举办加藤的葬礼,我们聚在他家门前的广场上窃窃私语,想弄清楚还有谁朝森林之神撒过尿,一直盯着别人的裤裆找答案。这事解决了,继续像昨天一样玩"花一两"游戏。

　　西边的天空变得通红。这时,加藤的妈妈端着一大盘粉色的葬礼馒头走过来。我们像围剿动物的鬣狗一样围住馒头,纷纷伸出手去。那是我们人生中的第一份葬礼馒头,松软,冒着香气。吃了馒头好开心啊,我们迈着轻盈的步子四散在回家的路上。

　　我们恐怕是特别残忍、没有人性的孩子吧。

　　从第二天开始,我们就不再想起加藤了,却忘不了会让人遭报应的神石。后来,我们只敢远远地望着森林之石。

　　我们是朋友,所以一起玩。(不玩还能干什么呢,这些孩子。)

　　是朋友,但并不意味着彼此间有友情之情。

像迸散的光芒。

将混沌的、未分化的喜怒哀乐赤裸裸地暴露出来,这种珍贵的体验就是小朋友的交际。

渴求亲人以外的他人时

受欺负,也挺好

😀 你在哪里上的小学?

🌙 大连。槐花大道边上排列着一长串小洋楼,日本人扎堆住在那里,有好多小学都是漂亮的红砖房子。

走到街上就能碰见成群的日本小孩。学校里的交友关系和邻居间的交友关系完全不一样。大家在学校里都是同级生,平起平坐。等一回家就形成了金字塔形的社会。男孩有男老大,女孩有女老大。我被教训得很惨。

每天都是地狱。

也不知道为什么,我成了那个女老大的眼中钉,所以每天都提心吊胆的。一个小孩要是表现得提心吊胆的,就一定会被欺负。我哥哥被人欺负时,我抄起棍子,冲过去跟一大帮坏蛋打架,气势很凶的。

可是,只要那个女老大在,我就开始提心吊胆。于是,谁都欺负我,跟鸡群是一个道理,有啄序。一扭头,就有只鸡欺负你。

😶 具体是怎么欺负你呢?

🌙 比如,鬼把脸扭到一边,说"一二三达摩祖师摔倒啦"①,这时候大家不是要快速跑动起来嘛。鬼回头时,谁没有停下来,就要被抓走。那个女老大一定一开始就说:"洋子动了。"我又不迟钝,根本没有动。所以,刚开始我胆子特别大,

---

① 一种鬼抓人游戏。一人当鬼,其他人站在远处。鬼背对人,喊出十拍的句子,其他人向鬼的方向前进。鬼喊完扭头,没有停下的人算输,要当鬼。如果所有人安全抵达鬼在的地方,鬼就输了。

后来就很小心,悄摸摸地往前走。可是,她还是会说:"洋子动了。"

后来,我从一开始就不动,结果她还是说:"洋子动了。"我说,我根本没动。可是,谁都不信。说不上是耻辱还是委屈,总之很来气。不过,就算这样,我也没有闹脾气一走了之,我不是爱耍性子的人。接下来,她们就完全无视我了,就是现在说的"枫间鹿[①]",这让人特别难受。

我想了一个晚上,想着第二天用什么态度出去好。故意装得满不在乎,还是趁人不注意悄悄溜出去?想来想去弄得身心疲惫。

一天傍晚,敌方抱团在外面一起玩,把我排挤在外了。父母让我出去找弟弟。我特别不想出去。出去后只好偷偷摸摸地到处找,想喊他,

---

① 日语:シカト。昭和三十年代后期年轻人中间的流行语,即无视、排挤别人。此语源自日本花牌,十月牌上的鹿扭头观赏红叶,于是将鹿(シカ)和十(ト)合在一起,引申出无视之意。

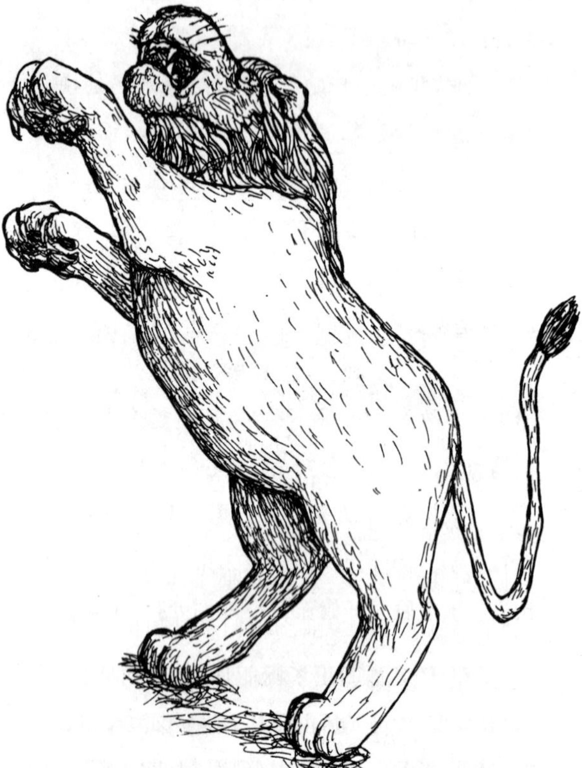

也不敢出声。敌人其实全都知道我为什么躲在暗处。她们齐刷刷地、气定神闲地看着躲在暗处的我。那种目光太吓人了,像穿了统一的制服似的,像在说:"就算你藏起来,我们也看得见你,大傻子。"

😢 那个女老大几岁?

🌙 忘了,大概四年级吧。等她上到六年级,就变得像个大姐姐了,有种少女感。我只记住了当时的感觉。那个女孩长什么样子,叫什么名字,都记不得了。只记得被人瞪着的时候那种凉飕飕的恐惧了。

😢 一直是这样?

🌙 嗯,战争结束后就顾不上这些了。孩子们也忙了起来。连我这种人都忙着卖花生,卖烟给俄罗斯人,成了勤劳少女。

不过啊,我觉得,如果战争不结束,那种状况持续下去的话,自然也会有另一只鸡开始受欺负的。那时候,我会发挥自己的沉痛经验,脱离霸凌团伙保护那只鸡吗?绝对不会。我会加入霸凌团伙,学会目光锐利地瞪别人。那个女老大可能也是这样吧,充分地体验过被欺负的痛苦,转而欺负别人。这里面肯定也有某种快感。明知不好,还是忍不住去做。

😀 女孩中间难道就没有像我这样的好小孩吗?

🌙 有教养、美丽又温顺的小孩?

😀 是(笑)。

🌙 有。

😀 这种小孩也会被欺负吗？

🌙 嗯，这种小孩一般立场很中立，不会被欺负，也不会享受优待。她们也不碍事，但很无聊。太安全了。

😀 这么说，你是即使提心吊胆也要表现出自己不是个安全孩子的那种人啊。

🌙 可能吧，小孩的直觉很强的。并不是一开始就提心吊胆，而是被欺负后慢慢才变得提心吊胆。然后，别人看你提心吊胆的，就会欺负你。越害怕，越被欺负。话说，战争把孩子变得特别不幸，缺吃少喝的，回日本之前的艰辛在所难免，可是当时一起玩的小孩都七零八散，音讯全无了。

　　友情绝对需要持续的相处。即使是欺负我的那个女孩，再过一段时间，可能就变成一个懂事的少女,蜕变成一个跟我关系很好的人了,过去的事可能就成了笑谈。儿时的伙伴特别让人怀念,让人安心。想想挺遗憾的。

我一直觉得,受欺负,也挺好。那些欺负人的孩子也活得好好的。她们在认真地当小孩。

现在我会觉得,那就是人际交往的素描啊。就算再被欺负一次也没关系啊——

😊 你这是什么癖好啊!

🌙 嗯,从指尖到发梢都浸满委屈、屈辱、五味杂陈的感觉,再也没有那种经历了。长大后就学精了。

😊 不会一辈子记恨她吗?

🌙 完全不会。我都不记得她的样子了,但是很喜欢她,我是说现在。

玩耍不是为了培养友情

③ 不过啊,有另一件事,我不太能原谅,到现在都不能原谅。就是小学一年级时,班上有个孩子不太一样。可能是眼睛有问题吧。戴着一副大厚眼镜,动作有些迟缓,也很少开口说话,总是一声不响。我只是觉得,班上还有这样的人啊,不会欺负她,但也没有主动地找她玩。她身体不好,经常请假。

可是,班上有人喜欢说她坏话。欺负一个身体有缺陷的孩子,这有点儿过分吧,虽说我和她也没有多亲近。后来,那个孩子突然死了。我吓得魂儿都没了,就是觉得"啊?死了?"。然后,说坏话的那个小孩站在中央,身边围了一圈小孩,她煞有介事地跟大家介绍葬礼的情况。可能因为她们是邻居,或者是其他原因,反正她们两家比较熟。

她那种样子,像极了附近的主妇,掏出手帕按按眼睛。

"太可怜了,才七岁啊。我妈妈说,某某子活着的时候就是菩萨模样。我妈妈看见她死时的样子,太可怜了。"说着,她拿起手帕擦了擦眼睛,"她漂亮得像人偶一样。"

我心想,大骗子。那个死掉的孩子,不管发生什么奇迹,都不可能漂亮得像人偶一样。我觉得,那个平时说坏话的孩子说"她漂亮得像人偶一样",是在污蔑那个残疾孩子的死。

接下来,这种说法一下子传开了。大家全都开始模仿那个主妇一样的孩子。"她漂亮得像人偶一样。"我心想,一群垃圾,我绝不会说这种话。我一直觉得,那个孩子真早熟啊,那么会模仿女人,也不知道能不能长成女人啊。

😀 你可能是个有点奇怪的小孩吧。对那个女孩来说,那不就是一种充沛的友情嘛。社会学习就是从这时候开始的,要学各式各样的东西,不是吗?

🎵 是吗? 嗯……可能吧。

😀 你的这些地方,到现在都没变,和七岁时一样。

🎵 所谓友情,是等到上初中后,某种自我意识萌发了,想要脱离父母时,才强烈渴求的东西。当一个人需要亲人以外的他人时,就会渴望朋友,然后才会长大。友情要等中学以后才会发生。

😀 你是说,在幼儿园和小学交到的朋友,都不算朋友?

♪　小时候的朋友是朋友，但没有情，彼此间的情感更像动物类生命体之间的相互碰撞。不过，幼童也是人，喜怒哀乐都很纯粹。人在幼年期就已经开始学习基本的情感了。

可是，友情是学不来的。友情需要在岁月中生长，共有的童年会伴随人成长，与成年后结交的朋友相比，儿时的小伙伴之间会形成另一种浓密的友情。但是，我觉得在当时那不是友情。

孩子间除了玩没有什么了，只是身体动来动去罢了。玩耍是本能吧。需要别人来当道具。人是活的，比玩具好玩。玩耍并不是为了培养友情。玩着玩着，就会发生各种事，并不是只会产生深厚的情感。

他们还会学会人和人之间基本的争斗心啊、嫉妒心啊，学会本能地保护弱小的孩子，向强者寻求庇护，学会屈从啊、生存之道啊。夸张些说，就是学会各种直面人生的态度。

😀 我父母经常说,好好跟人玩啊。好好跟人玩,这是在要求什么啊?

🌙 是啊。他们是特别担心你交不到朋友吧。万一跟人打起来了,多麻烦。

😀 不,父母应该也知道吧。那就是一种社会规训,孩子必须学会压抑自己真实的情感。
可是,比如说,有些孩子被血亲疏远,脱离了家庭关系,没办法依靠血缘关系生存,比如战败后的战争孤儿,贫穷,又没人管,只能依靠他人的救助存活,这种在极端情况下生活的孩子,可能从小就特别需要友情吧。

🌙 有可能啊。

上了中学就懂了

☺ 孩子并不是靠真实的情感活下去的。早熟的孩子会模仿大人的口吻,控制真实的情感,从年长的人身上获得情感教育,通过模仿他们的行为学习到友情原来是这么一回事啊。或者从故事之类的东西里学习。你是单靠真实的情感活到现在的吗?

♪ 这么问,是因为我一点儿都不知性吗(笑)?上中学那会儿,我读了武者小路实笃的《友情》,黑塞的《德米安》,下村湖人的《次郎物语》等等,但是感觉书里写的东西和现实还是不一样。所以,我不是在这些东西上寻找理想的那种人吧。

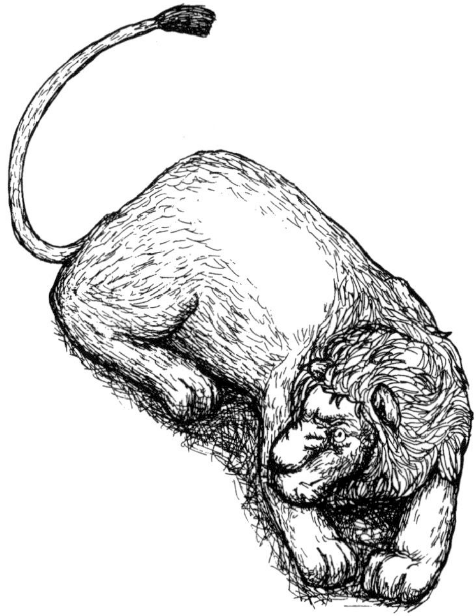

😊 你嘛,我觉得是在某些情感上和小伙伴赤裸裸地相互碰撞,然后才开始一点点进入成人世界的,这是怎样一个过程呢?

🌙 上初中了嘛,一变成中学生,小孩的自我意识猛地就发生变化了。我的意识转变慢了半拍(笑)。

😊 还没充分意识到自己是个中学生了(笑)?

🌙 就说嘛,小学时一直跟我玩到毕业的那帮朋友,过去我们一起追来赶去,相互扔沙子,可是从上初中的第一天起他们就穿上了黑色的长裤,明明还是同一个人,却再也不做原来的那些事了。

😊 变化这么明显吗?

🌀 对。我很不满,心想,怎么回事,你们这些人,怎么突然都装起来了。这种感觉持续了一段时间。所以说,我是不太会根据立场转变意识的那种人。

🌀 我上小学五年级的时候,班里有个男孩叫福岛。只有姓记得很清楚(笑)。不知道从什么地方转来的,这个人啊,有一次,我们正在说话,他帮我把松开的校服纽扣给扣上了,我觉得这个举动也太成熟了。他很淡定,没有一点儿不自然。我记得这件事,是因为它跟孩子的世界有些不一样。我不知道那个孩子是怎么学会这种做派的。他有大人的素养,还懂得大人的礼节。

我那时的中学要上到五年级,中学一年级和五年级的学生的差别很大,像小孩和大叔一样。最让我吃惊的就是学校里还有这些大叔。在他们眼里,我估计跟他们儿子似的。而且还有军训,所以我们的变化特别明显。这样说起来,老师经常会说"去童心"之类的话。

你啊,别装蒜,说说你是怎么克服爱耍花招骗人的毛病的?

😊 谁都不想跟爱骗人的人相处吧(笑)。上中学后,班上有男有女,但是男女有别,分得一清二楚,女生又爱搞小团体。

但是,上小学的时候,我对男生确实有友情。我呢,不是男生向往的那种类型。男生也不会亲近自己向往的女孩。多亏这样,我和男生能轻松聊天,和他们保持一种自然的关系。结果一上中学,他们态度大变,跟不认识我似的,让我大跌眼镜。不过嘛,我还是接受了。那时早熟的孩子已经情窦初开,心里有喜欢的人了,我们已经变成性对象了。

😊 原来你从那时开始就是一不小心便和男生

交朋友的人啊(笑)。

➂ 喂,撇开友情,我也有喜欢和向往的男生呀。往回说一点儿,我小学五年级时转了一次学。那里的学生会欺负新来的转校生,跟传统似的。转校的第一天有听写考试,我得了一百分。然后呢,班长也是一百分。于是,那个班长死死盯着我的卷子,当时我已经察觉到不妙了。

到了午休时间,他说,你,出来一下。我当时就知道完了,恐怕得挨打了。我没觉得这事儿不合理,感觉就是命。他把我带到学校后面的堤坝那里,把我按到松树上啪啪扇耳光。一般情况下,女生都会哭,我没有哭。我这个人挨打都不哭,那家伙也很困惑,气急败坏地扭头从堤坝上下去了。没办法,我也立即跟着下去了,我们两个并排把鞋子放到了鞋柜里。

那家伙回教室后对班上的男生说:"这女的,怎么打都不哭。"还对其他男生说:"不信你们试试。"于是,男生哗一下拥过来,把我逼到教室的护墙板那里,轮流上来啪啪扇我耳光。即便这样,我都没有哭。虽然很委屈。

于是,凭借某种超越了男女性别的东西,我赢得了最初打我的那个男生的尊敬。然后,我和那个男生之间产生了类似友情的情感,有什么事了,他会保护我。

我转过好几次学校,已经学精了,只要感觉提心吊胆的,后面肯定没好事,本能地就知道了。所以,我特别坦然地顶撞那些男生,我这种女生肯定很让人恼火吧,接着就会挨打。

不过,到最后他们就不敢打我了。小学五六年级的男生不是特别野蛮嘛,我也是个不招人喜欢的女生,还会去跟老师告状。然后在练棒球投球时,男老大跟我说:"过来一下。"声音很低,就是铁定要把我从头到脚揍一通的感觉。我心想坏了。我也压低声音,恶狠狠地瞪着他,慢悠悠地反问:"有事?"他大概也犯怵了吧,说:

"没事。"

所以,我虽然挨过揍,但是在小学高年级时其实过得好好的,活力四射。小学毕业二十年左右时,有一次同学聚会。我一直觉得自己是受害者,结果好像不是,据说我也经常欺负男同学。

😀 你都忘了吗?

😄 一点儿都想不起来了(笑)。

还有啊,那时候呢,班上有个很聪明,但是脚有些毛病的男生,有点像班上的智囊参谋。我跟他关系很好。所以,他会告诉我,谁和谁去找他了,说想打败佐野,找他商量对策;还会告诉我,他怎么给他们当参谋,怎么教他们作战对策。

😀 这些等上了中学就变了吧。

🌙 不知道怎么回事,男生突然都变得沉默寡言,有点儿吓人。他们完全成了异性,我也不想再和他们发展什么友情了。

😃 所以就开始发展女生小团体了,对吧。

🌙 是。不过小团体也有各种状况。比如学钢琴的人找学钢琴的人。小团体里微妙地掺杂着经济条件、父母职业,还有地域之类的因素。

😃 我们男生也有小团体。明显都是坏学生的小团体,当时传得沸沸扬扬,说其中一个男孩都有孩子了(笑)。
那你有属于哪个小团体吗?

🌙 我从那时起就开始为自己的秉性烦恼,无论在哪个团体里都觉得不舒服。可能我有被害妄想症吧,总觉得谁都不理解我,老是误解我。

我那时个子很小,就有一些缺根筋的人把我当小孩看。我个头小,但是脑子不缺筋。那些装姐姐的人有多幼稚,我再清楚不过了。

🎵 你是隐性早熟啊(笑)。

🎵 没错。不管在哪个小团体里,我都显得有点异类。于是,我就成了流浪汉。流浪着流浪着就越来越像间谍,很难再赢得信任,很头疼。最头疼的是,去郊游的时候不知道跟谁一起吃饭。那时候真的很惨。是初一时候的事。

等到初三时,莫名凭着直觉,一个关系很好的姐妹团结成了。彼此的关系啪一下变得坚不可破,其他人根本都进不来了。

✣

我的叛逆期是母亲说的。我并没有意识到

自己很叛逆。在我看来,那不过是随着成长自然而然地有了自己的主张而已,母亲却并不这样认为。"一上初中,你突然变得越来越自以为是了。""那种学校上不得,进去全都变天狗①了。"

我哪里自以为是了,一点印象都没有。忘得一干二净了。到最后,父亲也跟她一样,开始说:"别上那种学校了。"我不知道他俩是不是认真的,只记得那天晚上一个人捂着被子哭。

边哭边幻想一些有别于现实的场景,越想眼泪涌得越凶。班上的同学全都在挽留我。在我的幻想里,朋友们觉得万分遗憾,舍不得和我分开。到最后,连那个平时没有跟我说过话、身体有些毛病的大个子男生都把手搭在我的肩头,说:"佐野,别走。"这是妄想里的压轴场景,将我的情感推至顶点。

---

① 自负的代名词。

第二天,我给母亲写了一封信,违心地变成了少女小说里的主人公,信里充满伤感的反省、忏悔和承诺。我压根儿没打算给母亲看这封信,却像小说里那样写道:请把回信放在画具箱里。很快我就把自己写的东西抛在脑后了,休学的事也变得模棱两可,仿佛什么都没发生过。

一天,我打开画具箱,愣住了。里面有一张对折的草纸。不用看就知道是母亲写的信。"这家伙,又是他。"我知道弟弟时常把我的日记以及我写的杂七杂八的冒险小说拿去给母亲看,然后那些东西总是一去不复返。写日记啊,模仿着写小说啊,母亲可能对我干的这些事都大不喜欢。

我并不觉得自己做了什么坏事,可是自己的秘密被母亲看了,我羞得无地自容。母亲还回信给我,羞耻更深一层。可能是因为刚刚觉醒的自我在日记里批判了母亲和家人吧。

现在什么都不记得了。我不想看那张对折

的草纸。母亲根本不输我,信中呈现的是一个少女小说中的母亲,或者是一个冒牌的新派母亲。连信中的异体假名上都粘连着黏黏搭搭的不快。内容是说,如果你是个好孩子,妈妈也好,爸爸也好,都会相信你。我都要吐了。现在想想,对母亲的这种生理性的厌恶感,若不是叛逆,是什么呢?

我恨弟弟。我把他拖过来。他脸上浮着一层浅笑,示意母亲就在后面,没有丝毫反省的意思,反而一脸得意。我只好把他放了。

母亲好不容易为我扮演一次新派母亲,我却在这时果断地疏远了母亲。是我顺势演了少女小说中的情节,点火的人其实是我。我一向不讨母亲喜欢,不符合她期待中的乖女儿的形象。母亲没有放弃。她的攻击还燃及我身边的人。我的朋友也不招她待见。

她明明不怎么了解那些朋友,却说:"谁谁的妈真奇怪哟,去那谁谁谁家里,突然伸直腿,说什么不擅长正坐。能这样吗？仗着自己是女子大学毕业的，就瞧不起人是吧。"换作现在，我可能就走上歧途了。"那谁谁，就那个孩子，不是考上的，是靠关系进去的。她刚搬来的时候，就来打听那所学校怎么样。那时候考试不都结束了嘛！"

我不知道母亲是不是生来就是这种个性，但至少她攻击我的朋友是因为我不是她期待中的乖女儿。她嫉妒我疏远父母，沉浸在新的友谊中。我蔑视这样的母亲，可能也不具备把这种情绪巧妙地隐藏起来的技能。于是母亲被气得头昏脑涨。我的目光转向了外面。我开始寻求血缘关系以外的其他人。我不是个乖女儿。顽固不化。从不见风使舵。

大概在上初中以后，我开始如饥似渴地交朋友。朋友频繁地换来换去。一开始，我喜欢小薰，她穿着修身的水手服，衣领上是好学生标配

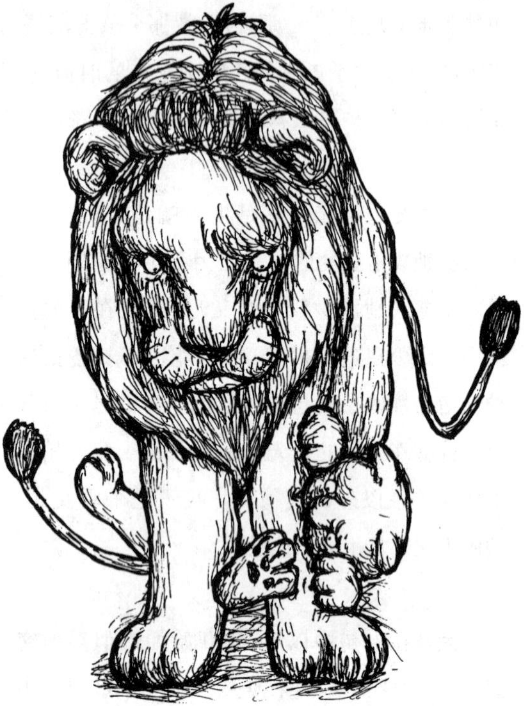

的红杠。我模仿她把字写得方方正正。把铅笔从 HB 换成 4H,想努力写出和小薰一样的字。我还去她家写过作业。

她家大得惊人,还有钢琴,屋里静悄悄的,不知道家人都在哪里。隔门被顺滑地拉开,身穿和服的小薰妈妈端来了红茶和苹果。小薰紧皱起两弯好看的眉毛,冷冷地说:"出去。"小薰也在叛逆期吧。我莫名有些难受。

接下来,我邀请小薰来我家。我家是八户长屋中的一户,站在门口,便一眼望尽家里的布局。门上镶的不是玻璃,而是贴在油纸伞上的黄色油纸。我把弟弟妹妹都赶出门去。但是,他们还是会来捣乱,时不时咚咚咚在家里转一圈再出去。我和小薰正在努力写作业,家里的猫在一旁咳吐了。我惊慌失措,赶紧收拾它呕吐出来的秽物。小薰直盯盯地看着,说:"佐野,你真厉害。"

然后,有一天,小薰突然像变了个人。她原

本是个美少女,打扮得很漂亮。从某天开始,她不再跟任何人讲话,抬个手也像男人喊"喂"时挥舞拳头似的。而且,她整天闷闷不乐,趿拉着室内鞋,不是拎着书包,而是把书包夹在腋下,独自穿过走廊。小薰自己把自己孤立了起来。我都傻眼了,远远望着小薰。

我想,她可能开始觉得当美少女是个沉重的负担吧。

升入初中后,我很快就有了自己的三人小团体。其中一个女孩个子小小的,早熟,爱摆架子,性格爽朗。另一人加入以后立即被男生起了个外号,叫"马"。她是大学教授的女儿,长脸,大高个儿。大学教授的女儿对她父亲的称呼是"五郎先生",母亲在高中教英语。大学教授的女儿很骄傲似的笑着说,五郎先生和她妈妈吵架时,不想让孩子听懂,说的都是英语。我听了大吃一惊。

她又乘胜追加了一句:"他们还说,等你听

懂英语了,我们就用俄语吵。"我父母的吵架太低级了,我有种羞耻感。她并不是炫耀父母会说英语或俄语,而是尊敬、爱戴被她称为"五郎先生"的父亲和会说英语的母亲。他们会全家一起去看电影《飘》,家里还有许多英语原版书和《银幕》杂志。他们家有我们没有的文化。而且,我知道,那种文化里还有不野蛮的家族团结。

  我们被天真的正义感驱使着,一起商量着"为别人做点儿什么吧""咱们去打扫街道吧"。我们想到的主意是,拿着小桶、抹布和木片,去清理电线杆上的小广告。三个人一边吭哧吭哧清理着贴在电线杆上的纸,一边幻想:"喂,说不定,咱们能上报纸呢""被拍照片,还会被问到'为什么想到来打扫街道'"。

  我们这些不入流的英雄行为并没有引起别人的注意。可是,电线杆永远伫立着。第二天,像洗完澡一样光溜溜的电线杆上又被啪啪贴上了什么东西。不过,我们的善举终有一天得见天日了。下班回家的音乐老师走到我们身旁，问："是什么人让你们这样做的吗？"我们异口同声地立即作答："不是。"

"噢，了不起啊。"老师说完就走了。

不知道为什么，我们三个人都觉得蠢透了，当天就不干了。从罢手的那天起，我们便不怎么凑在一起玩了，感觉好像很丢人。我知道，我们都想着，等时间长了，这事就会像没发生过一样。

那是一段非常短暂的友谊。而且，中学生这种生物其实会突然发生一些可怕的变化。

早熟、爱摆架子的小个子女孩突然消沉了下去，周身笼罩着一层阴郁的气质。美少女小薰凭借一己之力暴力地将自己孤立出来，与过去散发着某种威严感的她判若两人。她仿佛被某种外部力量挤碎了，变得悲悲戚戚。

我还太弱小了，无力支撑她，也无力帮助她。只能和其他朋友旁观，眼睁睁看着她悄无声息地渐行渐远,感慨"她变了",直到她最终不再属于我的世界。

与此同时,大学教授的女儿交到了新朋友。那时,我察觉到自己非常依恋大学教授的女儿。一时间,心里像空了一块,又失落又嫉妒。她俩太亲密了,我根本挤不进去。

放学回家时,她俩倚在护城河的小桥上,有永远说不完的话。这种场景,我见了好多次。我后来才知道那个新朋友的父亲也是大学教授,她俩的父亲还是同事。

果然家庭氛围这种东西有很强的亲和力。

我远远望着她们,感觉自己像一个被抛弃的女人理解了前男友的新欢比自己更适合他这件事一样。成年以后,我还是会经常思考自己强烈地渴望在"马"身上得到友情这件事。就像一个女人始终无怨无悔地继续爱着抛弃自己的男人一样。

我还曾经跟一个女孩走得很近,她异常安

静,像个大人,眼睛很深邃,乌黑溜圆。她的声音清透动听,几乎不说任何废话,总在安安静静地看书。她家人是医生,可是母亲已经病得快不行了,我于是理解了她身上为什么有那种异乎寻常的安静和淡定。

有一次,我们上生活课,要写家族成员的构成。她和我同桌,我偷偷瞄了一眼她的纸,上面写着母亲的年龄是二十九岁。所以,我知道她父亲再婚了。知道这件事后,我自以为是地认定,她越来越安静地往幽深的水底沉下去了。

这可能是我第一次认识文艺女青年吧。不记得是初一还是初二时,她平静地、言简意赅地给我讲了陀思妥耶夫斯基的《罪与罚》。

比起拉斯柯尔尼科夫的不幸,她轻柔清澈的声音更感染我。我肤浅的同情心让我更加自以为是地幻想她是一个受继母虐待的少女。我也体验到了与一个人在一起时,时间静静流走的感觉。

一天,她邀请我去她家。我对她的继母特别好奇。

她坐在客厅正中央的桌子旁,一动不动地沉默着。我也一动不动地沉默着。沉默了好久。这时,我好奇的对象进来了,双手抓住桌板,半弯着腰,也一动不动。文学少女定定地盯住桌上的一点,对继母说:"佐野。"我好奇的对象鼻梁高挺,是个大美人。面对定定地盯住桌上的一点的文学少女,大美人似乎不知道如何是好。

过了一小会儿,大美人端来了两杯大麦茶。文学少女不喝。我也不敢喝。文学少女并不是叛逆。她只是为难。大美人也很为难。我也很为难。

我只待了一小会儿就回家了。文学少女好为难啊,大美人也好为难啊,太为难了,回家路上我还在为难。

这时,一辆自行车停在了我身旁。文学少女一句话不说,拿出用报纸包好的葡萄,硬要塞给我。我又塞回给她。"这怎么好意思啊。"我说。文学少女说:"她说,什么东西都没给你带。"文学少女定定地盯着我的眼睛。那双深邃、乌黑的大眼睛似乎在说着什么,超出了我的理解。因为超出了我的理解,我只好怀着一种从未体味过的悲伤,接下了已经从报纸里露出来的葡萄。

我没有和她再近一步,不过远远与她目光相对时,那双深邃的眼睛会流露出成熟女人般的笑意。仅仅这样,我就感觉非常安心。就算她在近旁,也总是和过去一样悄无声息。

我俩不即不离,我始终很信赖她。她是一个值得信赖的人。而我是不是一个值得信赖的人,还有待商榷。她的个性也好,态度也好,能够始终如一,从不因人而异。而我是个逢人就变的人。而且,还心直口快。

大家要展开各自的人生了

喜欢的人

😃 说起来，你总算有了梦寐以求的小团体，对吧。

🌙 是，不管干什么，有朋友在，就是最开心，最重要的。放学时，即便我们不同班，也会等对方下课，然后说说笑笑，一直聊到学校关门。当时我们坐电车去上学，在电车里有说有笑。等放假了，骑着自行车，继续无穷无尽地聊昨天没聊完的事，聊到连进家门的空闲都没有，就站在家门口，夏天有蚊子，一边啪啪打蚊子一边聊。可以聊好几个小时。现在不也经常有这种嘛，便利店门口永远都有几个初中男生蹲在那里。和我们那时的心境一模一样。

看到那种情景,总是揪心地难过(笑)。

我在家里不是正在叛逆期嘛。在父母面前总是爱发火,不高兴,结果朋友一来,笑得滚来滚去。父母很来气,就开始干涉我,不让我和朋友走得太近。我们走得真的很近。那些朋友也不是什么坏孩子。只是我对什么事都不上心,只在乎朋友。所以,母亲总是给我泼冷水,说长大了会怎样怎样,说什么"你们现在再好,等毕业也就散了"。

可是,我那个时候啊,把未来也托付在友情上了,很明确。我没对任何人说过,但是我默默地相信,我们的友情在未来也会永远持续下去。后来果真如此。

说到都聊些什么,真的是杂七杂八。像在玩一种语言游戏,倒也不是用大人的语言闲聊。突然就聊个"死亡是什么"之类的话题,空泛的语言翻来滚去。不过,这已经是智识拼尽全力的逞强了。那些似懂非懂的语言,大家竟然都能懂,继而陷入错觉,达到身心合一的境界。

　　说到这儿,我想起那时我们时常讲看见鬼的事,讲得哇哇直叫。我们是重点中学,大家都拼命想考出好名次,考试挺无聊的,不过日本的教育嘛,不都跟未来相关嘛。之后考上什么大学,决定了将从事什么工作,所谓未来还是一片笼罩着迷雾的黑暗,可是大家相信未来。不过,那时的未来嘛,充其量也就是两三年后的事罢了。

😊　这样的话,就有一些不能对父母说的秘密了吧。

🌙　当然了。父母都是敌人。我这个人,从小就这样,不管遭遇多痛苦的事,都绝对不和父母说。有些事偶尔从外面传到父母耳朵里,他们也只会骂我,说"是你不对"。所以,秘密不就像湍流一样朝朋友那里奔去了吗?

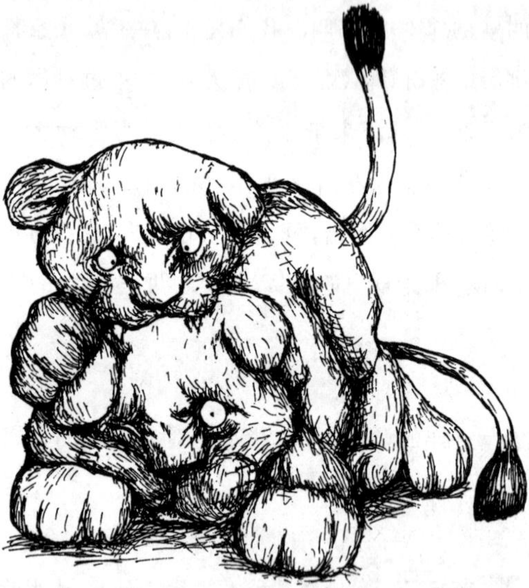

而且,我觉得啊,有了信赖的朋友,就意味着可以对他人任性了。可以把自己的所作所为正当化,还有朋友为自己撑腰。我觉得小时候真的很孤独。我下意识地认为,自己也有义务让朋友在自己这里任性。这就是小时候并没有的"情"吧。

　　人会越变越脆弱吧。

　　尤其到了十五六岁时,情窦初开,自然就会开始喜欢某个人吧。这种事最不能告诉父母。我和父母的关系也不是特别差,但是我的朋友,没人会跟父母讲自己喜欢谁的事。

😊　这种时候,真的会跟朋友说实话吗?

🌙　这么说吧,不撒谎,先保密。后来,我们按顺序挨个说出学校男生的名字,让彼此交代到底喜欢谁。现在想想,明明装一下就糊弄过去了,可是到了那个名字,脸突然就涨得通红,羞得捂脸。我们几个都是,无一例外。

等确定彼此的心上人是谁之后,我们的关系就更加牢固了。接下来,不管多小的情报,我们都收集过来,跟彼此分享一瞬间的幸福。

😮 比如呢?

🌙 就说那个桃代吧,喜欢上了全校最受欢迎的男生。那个男生家里很有钱,长得又帅,学习不错,还爱运动,简直是少女漫画里的主人公。她喜欢上这个人,情敌就有三十六个。

中间从东京转来了一个瘦瘦的美少女,那女孩也立即迷上了这个男孩,情敌人数变成了三十七。冷静想想的话,桃代和那个男孩肯定不可能在一起。我们都知道,却还是使劲撺掇她。说什么"刚才啊,你和木村君在走廊里擦肩而过的时候,他的脸都有点红了,一直在看你呢"。

桃代呢,脸已经红得像电热器了。然后,我们还说,刚才在水管那边洗手时,他特意到桃代旁边洗,有苗头等等。

😳 你喜欢的人是什么样?

🌙 那个人啊,她们都说,保证你一个情敌都没有。

😅 哈哈哈哈哈。

🌙 是个秀才,脸色苍白,看着奄奄一息的。一上运动场,就跟穷途末路了似的,样样不行。连跑个五十米都磨磨叽叽地趿拉着鞋子,一副中途就会放弃的架势。他的脸上好像总是浮着一层浅笑,眉毛耷拉着,像没眼睛似的。不过,是个秀才。可能我的才子情结特别强吧。

我一度被迷得神魂颠倒。在桶里洗抹布,

秀才把他的抹布也塞进了桶里,我在泥一般的浑水里碰到了他的手。短短一瞬而已,却甘美无比。我好几天都没洗手。

😀 其他女孩都喜欢什么样的人?

🎵 这个啊,那个叫绘理的女孩,从入学开始就喜欢一个高我们一级的秀才。那个秀才跟我这个秀才真是天壤之别。那时,我觉得绘理这个人挺沉稳的,没想到是个野心家,很佩服她。

不过,后来考上东大的是我的秀才。可是,绘理的秀才没考上东大的事,在静冈成了大新闻。很有意思,小地方嘛。

😀 你们那里秀才挺多啊。

🎵 嗯,没错。还有啊,真里子喜欢上了一个特别冒失、聒噪又开朗的男生。他们俩算是心意相通。

因为啊,那个男生有一次在班上大叫:"真里子,你个猪,我要娶你呀。"

😊 哈哈哈。

🌙 所以啊,我上中学时特别开心,都不想毕业。毕业以后也一直和中学时的朋友保持着联系。直到现在也是朋友。

人生一点点开始了啊

😀 你们之间没有发生过背叛、反目这种事吗?

🎵 我觉得没有。至少我没有感觉到。这么说吧,我们几个在小团体里都各司其职。桃代总是乐呵呵的,像个妈妈似的,充满爱意,人很松弛,什么事都好商量。

真里子很有活力,开朗,大方,要强。出什么事了,她总是说:"包在我身上。"跟人吵架什么的也一点儿不怵。绘理特别认真,像个老师,思路细致严谨,后来成了化学家。我上初中时都没有注意到,这个化学家可是个美人,有索菲娅·罗兰的气质。

😀 然后就是上高中了,对吧。

🌙 对,但是我对高中好像完全没有记忆。

能想起来的,就是古老的木造校舍坐落在一片绿油油的美丽田野中间,高大的富士山庄严地矗立在不远处,身穿水手服的少女们在田园牧歌般的风景里漫步徘徊,特别恬静。仿佛朦朦胧胧被雾笼罩着似的。

我上的是县立女子高中,是我们当地一所以培养贤妻良母为传统的老学校,学校里全是本地人。可能我生来就像浮萍一样漂泊不定,所以很难和这些牢牢扎根在一个地方的本地同学打成一片吧。初中感觉就是大杂烩。

😀 那你交到朋友了吗?

🌙 只有一些淡淡的交往。她们人都很好。过去的老朋友,我在之后的人生里也会珍惜,目光会从现在一直飞到未来。我从高中时就决心要成为一个设计师。

只要有空,就丁零零地骑着自行车去找朋友闲逛。

😊 你们上高中后都聊些什么呢?

🌙 聊得慢慢深刻了。化学家的家人是医生,她父亲突然去世了。她哥哥还是医学生,不肯继承医院,她家人因为医院的问题与亲戚闹不愉快啊,那个哥哥不肯在北海道结婚,她妈妈特别担心啊。这期间,我父亲也患病,卧床不起了。

人生一点点开始了啊。

😊 那你上了高中有没有真正开始谈恋爱,交到男朋友?

🌙 没有(笑)。其他人应该也没有。不过,我是

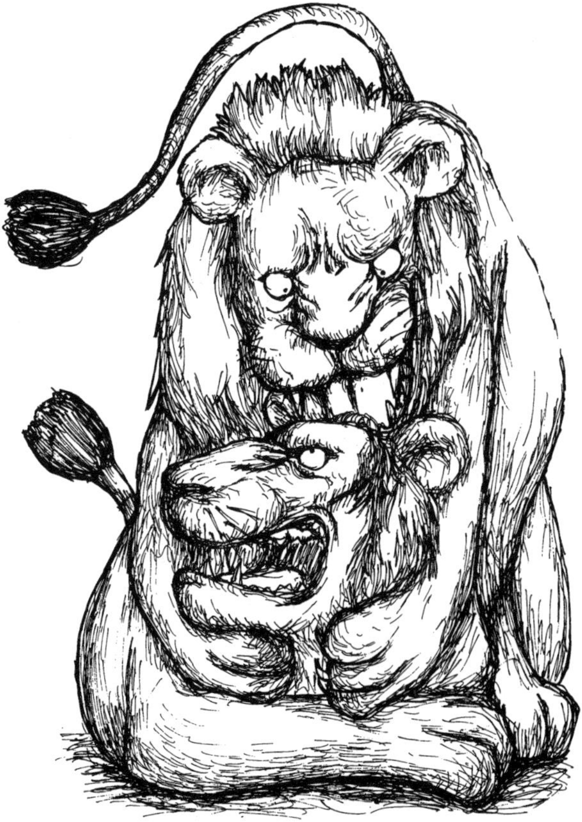

我们几个里唯一一个交到男生朋友的人，就是普通朋友啊。

🎵 什么时候的事？

🎵 我从高中时就打算以后去上美术大学。我父亲的一个同事是教画画的老师。他给自己学校里那些想考美术大学设计系的学生教画画。我每周日去他家画素描。于是，我和佐藤成了朋友，佐藤是我初中时的学长，所以很照顾我。

他比我早一年去东京上预备校备考美术大学，每周都会告诉我预备校的作业，用明信片，坚持了整整一年。假期有讲习班，我去东京，他便去接我，带我去讲习班。我没有纸，他给我，还告诉我怎么买笔和颜料。都这么亲密了，我们也不是恋人。

就是关系很好，像兄妹一样，想说什么说什么。特别亲。那真的是友情。所以，他谈恋爱的时候,虽说他不是我的男朋友,我还是有些怅然若失。

结婚以后我们还是一直有来往。有孩子以后也会一起去海边玩。

😐 然后,你就去东京了吧。

🌙 对。当然是因为没考上艺术大学。然后就去上预备校了,那地方叫研究所。我对东京又向往又害怕。但是,我在那里接二连三遇见了一大群多年来梦寐以求的朋友。

不过,放暑假时不是要回清水嘛。回去了,就想见见老朋友。我也去见她们,那时我自己什么都没在意,不过有些心思还是暴露了吧。佐野你回清水,像完全变了一个人似的。你的心不在这里了。你不要我们了。

这些话都是化学家说的,可能真是这样吧。以前有首歌叫《木棉手帕》,里面有句歌词叫"别染上都市的色彩哟"。不知不觉间我已经染上了,而且又认识了很多个性完全不同的朋友,肯定浑身洋溢着一种满足感吧。

她这样说我时,我很受打击,想着是不是自己做错了什么,让她们有了这种感觉,是不是自己表现得太轻浮了,有些垂头丧气。不过,心里似乎又觉得这是没办法的事,大家要展开各自的人生了。她们也好,我也好,都必须认识到这一点。

即便她们这么说,我还是觉得她们是我的朋友,而且我们早就认识了,我相信时间的分量。虽然我也不知道她们是怎么想的。

☺ 你到东京后是怎么找到那些特别合得来的朋友的?

☽ 跟你和那些文学同好聚在一起很像。我上的是设计专业的预备校,大家都志同道合,只不过是有组织地大规模地聚集在了一起。自然而然地就会形成一些小团体。日本人真的是爱搞小团体的民族啊。

🜪 那个时候,你最初的邂逅是怎么发生的呢?

🜪 我是一个人从乡下来东京的,交第一个朋友时特别不容易。别的同学要么是从应届高三过来的,要么是同校的二三个人结伴一起来的,都已经有朋友了。谁都不跟我这种从乡下来的人一起玩。东京的人嘛,都踩着高跟鞋,涂口红,烫头发,和男生手牵手进进出出。

我呢,还是水手裙配白衬衣,一看就是个乡巴佬。另外,他们的素描全都画得很厉害。我整个人绷得很紧,蔫巴巴的,去了也是坐在角落里一声不响地盖着纸偷偷摸摸地画,不想让任何人看见。我特别想找一个轻松自在的城市人当朋友。说是这样,太成熟的那种人也不行,比如涂口红的那种。

　　第一个朋友,我记得特别清楚。我们每天都画素描,会买六分之一份的吐司面包片当橡皮用。花五日元在学校办事处就能买到。一天,橡皮用完了,我就去买面包片,结果看见一个女生正倚着办事处前的柱子站在那里,看着还像高中生一样。我以前就见过她,她也总是一个人。我做了一件以前从没做过的事:特别友好地朝她笑笑,然后邀请她一起去散步。研究所就在御茶水的次郎咖啡馆前面,因为画素描,我们都还穿着围裙。

　　我们俩就那样穿着围裙,朝骏河台那边走了。路上,我们初步问了对方的情况,在哪里上的学啊,为什么来这里之类的。她也没有朋友。当时,《主妇之友》杂志社的大楼是那附近最高的建筑。我们走了进去,里面有间现代厨房的展室,厨房桌子上放着一个真正的吐司面包。

　　我对她说,咱们拿走吧。她看着挺老实的,

所以我也只是开个玩笑而已。结果,她摘下围裙,哗一下包了两片,我觉得那一刻我们注定是朋友了。然后,我们一路跑回学校。面包已经干巴巴了,不过我们还是吃了。毕竟是友情的证明,是独特的味道。

后来,我整个人都放松了下来,接下来很自然地交到很多其他朋友。我们的圈子里有男有女,没有恋情,只有友情,那一年我过得特别有活力。

😊 你现在也跟那个时代的朋友走得最近吗?

🌙 是啊。

😊 你有男生朋友,也有女生朋友,男女有什么区别呢?

🌙 没有任何区别。

☺ 就是说,你不会因为对方是男生就特别注意什么吗?

♪ 要注意什么呢,哈哈哈哈。

☺ 从事艺术方面工作的人气质大概都不太一样吧。除了你以外的女人也能无拘无束地跟男人做朋友吗?

♪ 我觉得是。

☺ 可是,那时大家不都开始谈恋爱了吗?

♪ 嗯,的确很多人都谈恋爱了,但是我们不是那种不正经的圈子。我们可是特别正派的一群朋友,从早到晚聊的都是画画的事。

☺ 都聊些什么呢?

🎵 课后不是有作业嘛,一个有点儿像评论家的男生就成了中心,那家伙先发表一番演讲定个目标。大家完成作业后,老师会讲评,画哗哗贴在墙上。那个评论家在老师讲评之前会先对朋友们的作品评论一番。接着,大家也会各抒己见,色彩怎样啊,轮廓怎样啊。

大家都特别率真、正直,画画的人都很好。我们觉得这些很正常,可是音乐家朋友听了都不敢相信。弹钢琴的人,不是去老师那里学嘛。老师会在乐谱上标记需要注意的地方,乐谱是绝对不会给其他人看的。所以,画画的人都傻呵呵的,无遮无拦。

不过,我那时学到了一件事,就是每个人的个性都不一样,要尊重每一种个性。发现每个人的个性,大家一起把它拓展得更丰富。

🎵 那你们之间不会竞争,不会嫉妒吗?

🎵 我觉得没有嫉妒，只是纯粹地给对方加油，加油。

😀 并不是所有人都去了艺术大学，对吧？

🎵 是啊，到最后大家都在猜谁能考上，那个人没问题，这个人有点悬。我自己觉得我就是有点悬的那种，父亲在老家也快不行了，所以有种背水一战的悲怆感。不过，在别人看来，我还是很精神。我们都觉得艺术大学以外的学校都不是学校，所以公布成绩那天，有人欢喜有人悲，我放声哭了一整天呢。不过，我并不嫉妒那些考上的人。

考上的人都很优秀，很厉害。而且，报考艺术大学的人很多，第一轮文化课考试就有一半人被筛出去了，里面不乏才华出众的人。大家心里都清楚，谁是真的很有才华。

😀 就算上了不同的学校,你们的友情还在继续吗?

🎵 嗯,还在继续。甚至,我们比大学时的朋友联系得还要紧密。

✢

我十八岁那年去东京,对家没有半点儿留恋。可是,父亲从前一年开始就卧床不起。也不知道得的是什么病,眼见人越来越消瘦。正常来讲,身为长女的我应该出去工作,补贴家用,和母亲一起照顾父亲。这可能是常识。

但是,父亲早早失去长子,可能在我身上寄予了厚望吧,所以理所当然似的教育我要有一技之长。"你长得丑,不好嫁出去。"这也许是毒舌的父亲对我的爱吧。卧病在床的父亲对我的期待像石头一样压在心上,我去了东京。我也好,母亲也好,都觉得父亲已经没救了。

父亲认为上大学只能是东大,同样的,上美术学校的话便只考虑艺术大学。所以,我也是这么想的。很快我就熟悉了东京的生活,广交朋友,充满干劲。可是,一想到父亲,便像被拽进了地上的小洞。每次放假回家,眼看着父亲日渐消瘦,心里清楚他已经来日不多了。

放假回家时,父亲叫理发师上门来理发。瘦得皮包骨头的父亲斜躺在藤椅上。仿佛只有眼睛是清澈的。他连理发店都去不了了。"爸,你在模仿总理大臣吗?"连"我回来了"都没说的我直接来了这么一句。我们都看过那张照片:偌大的庭院里,总理大臣在松树下理发。家人和理发师都笑了。

我讲着好玩的事,东京的人画画有多出色,那些人有多神奇,乡下根本见不到等等。父亲躺着,面朝天花板一声不响。两三天后,他说:"早些回去吧。"我又回到了研究所。可是,我每天提心吊胆,害怕会收到"父亲病危"的电报。

提心吊胆的人,不止我一个。我回东京时,中途一定会逃票。到新宿站时,我给那个我最早交到的朋友打电话:"不好意思,麻烦你一下,能来趟新宿吗?"她踩着木屐飞奔而来,担心地问:"出什么事了?"我说:"帮个忙,我逃票了,逃票了。"她一下子拉下脸,"搞什么啊,我还以为你爸爸出事了,真是的,给!"她给我买了十日元的车票,"逃票就说逃票,吓死我了。"

可我还是屡教不改,让她给我买了好多次逃票补的十日元车票。

还有人把自己父亲的袜子送给光脚不穿袜子的我。面对这份难得的好意,我推让回去,特别坦然,说:"我是特意光脚的,穿袜子的话,就看不出我的脚脖子有多细了。"我身体好,脸皮也厚。

一年快过去了。放寒假时,我回去了。父亲真的像奥斯维辛集中营的囚犯一样,只有上厕

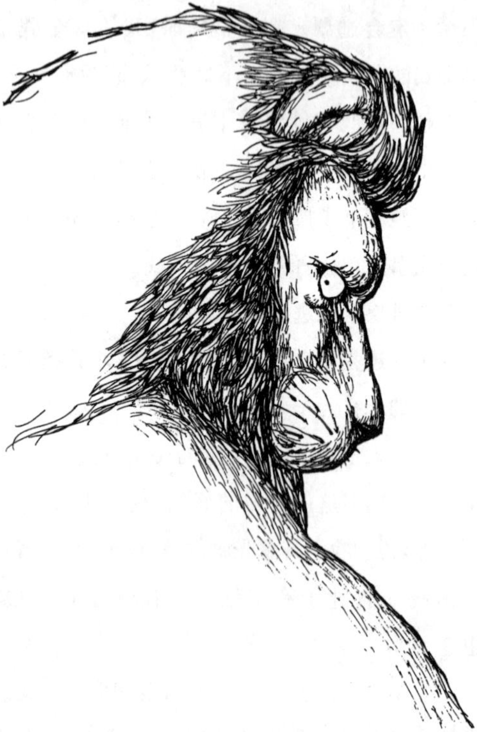

所是自己扶着墙去。上完厕所的父亲来到我画素描的房间,摇摇晃晃地蹲下来看我画画。

父亲似乎很满意。其实我完全不在安全区里。即使考上了,也是运气好,很有可能是考不上的。可是为了父亲,我无论如何都得考上。

父亲又摇摇晃晃地站起来,回到了床上。然后,在我回家的第二天,也就是元旦的凌晨,父亲死了。死亡通知像施了魔法一样在当天送抵家中。我和母亲在堆积如山的死亡通知上一个接一个地写上收信人的姓名。东京的朋友,我只寄给了一个人,就是最初的那个朋友。

很快,我就收到了很多朋友联名寄来的香奠。厚厚的书信也接连而来。我最初的那个朋友写信说:"我真心疼你,一直在哭。"当时关系很好的一个男生朋友每天都给我写一封很厚的信。我读信时,母亲发自肺腑地感慨说:"你的朋友们都真好啊。"我已经去到一个母亲看不见也够不着的地方了,她只能把我当成大人来对待了。

父亲死了,我不知道自己还能不能上大学了。考试悬在眼前。父亲去世后,大约过了十天吧,母亲说:"你回东京吧。接下来总会有办法的。"

我重新回到备考战场。每天都给我写信的那个朋友到新宿车站接我。他拍拍我的肩说:"不容易吧。"说完像往常一样笑了,"咱们去找佐野宽吧。"他带我找去艺大的学长。

佐野宽是我们这群人的考试指导。他见到我,双手拍着我的肩,说:"你可来了,可来了,没事吧?哪,好好加油!"

还有一个人知道我父亲去世的事后对我说"对不起"。他此前并不知道我父亲生病的事。一次,他问我:"你母亲叫什么名字?"我说,静子。他听了,说:"啊?不妙啊,静子可是寡妇的名字。"我心想,果然啊,说不定要应验了。他被同伴拽到角落里责备了一番。特别可怜。责备他的那个朋友特意来安慰我："那个家伙,人有点儿奇怪,不过没恶意,你别往心里去啊。"

后来,还有个朋友跟我坦白身世,说："我啊,都不知道亲生父母是谁,他们可能已经死了,我是个养女。"还有个朋友担心很现实的问题："你们家住的不是公务员宿舍吗,现在怎么住啊?"就算和十九岁的男生之间什么都不曾发生,我也十分开心。

父亲的去世对我来说是件重大的事,但它也是一个必须靠自己迈过去的个人问题。我从未想过会结识这样一帮朋友,他们安慰我,支撑我,让我深感意外。而且,真的很幸福。十九岁的冬天,我体会到了每个人都很好,每个人都值得信赖。

这可能成了我一生不变的人生基本态度。

"单亲家庭,正常结婚可就难喽。"有大人上下打量着我说。我完全无所谓。

也有大人说:"正儿八经的公司,你进不去

啊。"我也不在乎。我有很多并不这样认为的朋友。世事可能如此,可我并未察觉。我能没心没肺,厚脸皮地活着,多亏有了那么多朋友。

情自然又唤起了情呀

学会伪善也很重要

😊 进了大学,不就有共同关心的事了嘛。这时是不是就产生了以共同的事业为中心的友情?

🌙 复读的时候,目标真的只有一个。一上大学,这个目标就实现了。这时,兴趣范围哗一下扩展开了。嫉妒心啊,争胜心啊好像都是上大学之后才有的。所以,没有真正纯粹的友情,这似乎就是成人社会的开始。

我们班有二十五个人,其中五个女生,作为学校里的小集团来说刚刚好,小小的,很舒服,每个人之间都很了解,因为四年一直在一起嘛。大学时我也有自己的小团体,但是我们几个不像过去那样紧密地拴在一块儿,而是每个人都很突出,似乎是流动的。

说到眼里有什么,只有创作,非常认真,同时也看到了别人的才能。男人好像都特别露骨。我和三个女生关系很好,但是已经不像过去那么纯真了。

☺ 到了那个年纪,当然要开始恋爱了吧。

☽ 你只对这个感兴趣吗?

☺ 这是人之常情啊,当然感兴趣了。

☽ 恋爱啊,还没有。啊,对了,和我关系很好的一个女生,压倒性地招男生喜欢。二十五人的班里有五个女生,按理说一个女生可以对应四个男生,这种计算方式在我们班完全不适用。我们班的二十个男生全都只喜欢她一个人。这可不是我胡乱猜的,班上真的没有一个男生不迷她。

不过,那个女生谁都看不上。后来我发现,她很会勾引男生。等哪个男生喜欢上她了,就会突然在她这里碰一鼻子灰。她的这种行为让我非常恼火,嗯,因为我和她一直关系不错。怎么说呢,有的人也不是主观上故意这么做,是天然地、生理性地就会这样。我感觉是这样,不过也可能是因为她自尊心太强了。心眼挺坏的,对吧。可我并不讨厌这种人。

😀 你喜欢心眼坏的人?

🌙 好像喜欢。

我啊,交朋友,要是他身上没有让我讨厌的缺点,我就没办法跟他长久做朋友。这好像是我的癖好,必须把讨厌的部分也含括在内,完整地接受这个人的人格才行。我喜欢真实。

☺ 可是,这也太奇怪了。

♪ 可能吧,装作看不见讨厌的部分不是伪善吗?

☺ 大人就是要学会不为这些所动呀,学会伪善也很重要啊。

♪ 嗯……可是,理解并接受对方身上讨厌的部分不是更安心吗?

学会伪善,嗯,是吗……

我还有一个朋友,是个高材生,入学时第一名,毕业时也是第一名,是个防御性极强,绝对不会暴露缺点的人。男生们好像也自认逊色,对她很尊敬。她就算说自己不好,也给人一种自谦的感觉。

不过,上学时我和她一起玩,毕业后也一起玩,她那个人很好玩。我呢,一到放假或没事的

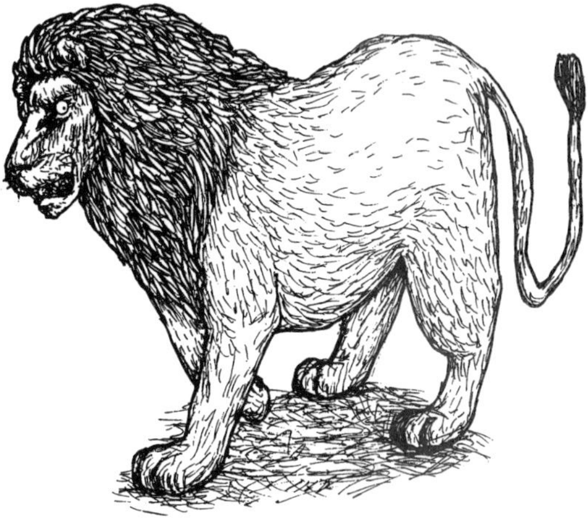

时候就坐不住,跑去找朋友玩。坐公交车,坐电车,踩着碎步快走,终于到她家了,想着能一起玩呢,结果站在门口一叫她,听见一句:"下次吧……"她父亲出来说:"她正在睡觉,说下次吧。"第二天在学校,她也不说"对不起",而是哈哈大笑。

她那个人也挺奇怪哪。那时在学校里,男生不能对女生说失礼的话,也不能开玩笑。不过,学校外面的色情狂却多得吓人。经常听见那女生扑哧窃笑一下,说:"我在电车里站着,被人摸肩了。太讨厌了,我坐下来,那个男的也坐下来,我和他中间还隔了一个人,他的手居然越过那个人沿着车窗过来摸我了。"

"我去游泳,邻座的男人摸我,等下水游泳了,他潜到水下来摸我,扑哧。"这种话经常听到。我呢,从来没被色情狂骚扰过,所以很羡慕啊。

我们三个人中,只有我一点儿都不性感。

☺ 你也有男生朋友,不是吗?

☽ 嗯,虽说大家都是朋友,但是其中一个人很奇怪。一到学校就黏着我。那个人,专业很厉害。比如,老师布置作业,他能画出三倍的量,画幅也比我们的大三倍。而且,画得一定比学生水平高,所以老师特别认可他,朋友在专业方面也会对他高看一眼,不过他这个人真是奇怪得无可救药。刻意要表现得很特立独行。

短裤配木屐,戴草帽,自己在衬衣上画好图案,去银座装乞丐;来上学时,突然就脱了裤子坐到桌子上去,里面穿的是女式裤袜。在满员电车里铺开报纸吃便当。这些行为并不是浑然天成的,总感觉有点处心积虑。

还有,一个大男人,却老是喜欢说人这说人那,嘴很碎。比如,他说要把班上的人怎么弄死,从头到尾一个不落。那真是把每个人都好好观察了一遍,把人家的缺点全都揪了出来,我甚至都开始佩服他了。所以说,他是个迷。好像是刻意为之,处心积虑地不想让别人信任他。

可是呢,他却紧紧黏住我,到了学校就大声叫嚷:"这是我的女人!"根本不是啊,他心仪的女孩明明在女子美术大学,整天乐此不疲地跟人家约会。但是,无论我去什么地方,他都跟在后面,剩下我俩单独在一起时,他就不遗余力地批评我的作品。

我上大学后,知道了正确的技法是设计这份工作的命根子,我的成绩也不怎么好。他却使劲吹捧我,给了许多工作做。"可能是我的错觉,但是我觉得你很有才华。"这种话,只有他对我说过。

他经常做些奇奇怪怪的事,我就会跟他绝交,不过坚持不了多久,我们就又和好了。我很相信他,觉得他的批评是对的,所以会非常诚恳地听取他的意见,拼命创作。我特别感谢他。但是,我们完全不是恋人。我们又总在一起,像兄弟一样,我什么都会跟他讲。

　　我们一起画过参展的作品,他穿着木屐,坐早上最早一班的电车,在五点左右哗啦一声拉开我的窗户,"啊嘿嘿"地笑起来。我们一直工作到末班车的时间,一刻不歇,只有我们两个人,连续好多天。很充实。一起创作时,我真的很信赖他。

　　他特别擅长吹捧我。

🎵　怎么吹捧的?具体说说,让我参考一下。

🎵　都忘了,只记得被吹捧时的愉快心情了。

　　他建议我放弃做设计,改做插画师。所以,我去画速写,买来杂志,看着里面的照片画素描,画了大量的画。就算这些画被我藏起来了,他还是会找到,一张一张研究。对了,他说,我的画有诗意,还说很知性。每一张里具体的细节都忘了。

画得一塌糊涂的画,他肯定会批得体无完肤。他夸的部分是不是真的,我不知道。但是,他说绝对不行的时候,就是真的不行。我真心感谢他对我说过的话。我觉得,那是真正的友谊。

我呢,虽然没有男朋友,但是有一直单恋的人。我成熟得晚,所以不知道如何是好,一个人咕嘟咕嘟烦恼了好多年。这些事,我全都告诉他了。

现在想想,眼泪都要出来了。他说:"你现在还不行,放弃吧。"说,别着急。还说,好好画画,等到二十七八,就长成一个出色的女人了。那时他还说,穿点儿做工讲究的衣服。可是,我肯定想的是:哪能等那么久啊,现在就想设法和眼前的那个男人在一起啊。做工讲究的衣服,听了也是想哭。

啊,一下子想起来好多事啊。

他还说过,你身边的年轻小伙还不懂你

的好。

要是当时相信他就好了。

😊 可是,这真的只是友情吗,里面还掺杂着一种更微妙的感情吧。他这个人好像还挺拧巴的。

🌙 是吗?这样说来,他说过:你也好,我也好,咱们都是怪人,可能会剩下来。要是快三十了还都没有对象,那也没办法,我俩就结婚吧。

他说:"喂,我不是开玩笑的。"我就想,要是那样的话,真就没办法了吗?

😊 你看,你看,你看。

🌙 不过,这种奇人怪人,当朋友还可以,我可不想跟他当疯子夫妇。

😊 你们还一直联系吗?

🌛 嗯……很奇怪，突然就断了，只有跟他是这样。我们同班过，也是朋友，就算闹不愉快了，也能顺利和好。还挺怀念的。

我只和他以这种匪夷所思的密度交往过，却又一刀两断了。毕业后，我有段时间没有工作。上大学时有位很了不起的老师叫原弘，那个设计中心，他在那儿当社长，当时是拥有许多超一流员工的公司，那个奇怪的家伙就在那里工作。一次，我去找老师商量事情。有份工作要给我。我想着很久没见他了，还挺期待见到他的，就在走廊等他。

我也有同班同学在那家公司上班，看到我，笑脸相迎，过来跟我聊天，说："啊，我去跟那家伙说一声，你来了。"所以，我继续等他。

接着，那家伙去对面房间，开门时，朝我这边看了一眼，嗖嗖嗖两边来回走，但没有对我笑，也没有朝我这边走过来。我虽然心里想"蠢货"，但也知道这就是他的风格吧，我们之间就到此为止了。那一刻,不知怎的,我心里的情好像也啪一下断了。特别不可思议的断交方式,真是很奇怪的人。

但是,我们在大学时真的是很好的朋友,我觉得拥有这样的朋友,特别幸福。人与人之间的邂逅,妙不可言。

我们那种大学、那种班上的人,怎么说呢,好像个性都很强,自我意识都很强,骨子里的自我绝不会破碎。别人是别人,我是我,很多人都确立了这种信念。可能从年龄上来说,那也是人格形成的时期。从事书籍装帧设计的平野甲贺,到现在也跟二十岁时没什么两样,风度翩翩。在美国颇有成就的插画家长冈秀星也是我们班的。还有漫画家上村一夫,只是我们上的课程不一样。

女生朋友

😀 你和女生朋友一直有联系吗?

🎵 嗯,一直联系。毕业后,大家都有了各自的情感问题。我火速就结婚了。班里充当我的恋人角色的好朋友在京都做织物方面的工作,她在京都恋爱,失恋,连续好几年都过得很不顺。我去京都找她,陪她一起哭哭啼啼,劝她吃饭。不管怎么劝,她还是什么都不吃,一直哭。

我现在也经常跟她煲电话粥。还有一个朋友,从十九岁开始和一个三十左右的男人谈恋爱,像萨特和波伏娃一样相伴了十年。我对他们俩的感情真的半信半疑,想着是不是强扭在一起的啊,还是其实已经结婚了呢,但是他们

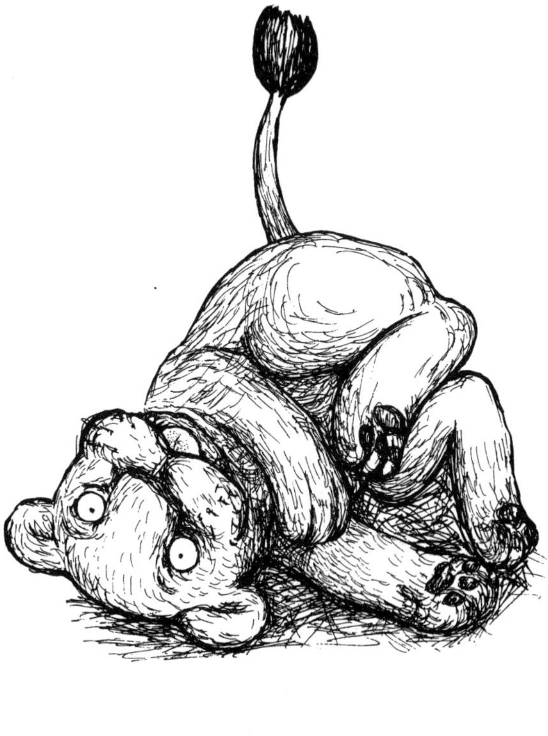

说,他们的关系绝对不会变。第十年左右时,她去欧洲旅行,认识了一个意大利人,然后闪婚,到意大利去了。

那时,我真的惊得瞠目结舌,不相信什么人类的思想了。根本敌不过现实嘛。

☺ 我没上过大学,不是很懂,但感觉所谓的青春时代就是深刻地谈论人生,喝酒,侃大山,说傻话吧。

☽ 嗯,我们学校的话,说是大学,其实更像个职业学校。某种程度上,在校的学习也跟社会接壤,根本没有暂缓期。我不喝酒,其他人喝不喝酒,我也不清楚。

而且,我们那儿,美术大学的话有艺大、多摩美(多摩美术大学)和武藏美(武藏野美术大学),我们跟其他大学的人也有来往。

复读时的朋友都七零八散了。

在预备校交到的第一个朋友,我们还一直联系,她在多摩美,和三宅一生关系很好。不是恋爱关系,就是朋友。我去她家,她的房间在侧房,放了一张床。我想什么时候去找她就什么时候去,一开门,她和三宅正坐在床上,一点儿奇怪的气氛都没有。两个人见我来都很开心。

三宅呢,一个大男人,却总是带着《装苑》杂志来,他从一开始志向就在时尚这块儿啊。那时候是平面设计的繁盛期,搞时尚是很另类的,可是他就是毅然决然选择做时尚的那种人。大家都没钱,也没什么娱乐,就去银座挨个逛百货商场,算玩儿,也算学习。

三宅那时腿脚不方便,拄着拐杖。那时的路上不像现在这样车水马龙,可是在银座大街过马路时,无论在哪个路口,我们都跟他说:"喂,你先过。"拄着拐杖的三宅往前移步,车辆全都会停下来,我们再紧跟着他过去,说:"啊哈哈,不好意思啊。"女生嘛,不都喜欢逛服装店和内衣店嘛。三宅从来没有不乐意过。内裤上的蕾丝花边,也会翻来覆去仔细研究。所以,我们特别喜欢三宅。

他每年都会参加"装苑赏",时装界的"鱼跃龙门大赛"嘛。三宅特别自信,说:公布评选结果那天请客,因为有奖金嘛。他去了时装秀,我们想着等他回来就能请我们吃饭了。结果,第一名是小筱顺子,他是第二名,第二名的奖品是一台缝纫机。即便如此,他还是会说,明年一定行。特别乐观,开朗。然后转眼间,他就成了世界大明星。

他变成世界大明星后,有次我恰好在青山大道碰到他了。

有点无措,也不知道说什么好。他说,刚好有时装秀,过来看吧。我给三宅的"床友"打电话,我们从后台进去看秀,那完全是另一个世界了。

床友结婚时的婚纱是三宅给她做的,平时

穿的衣服也一直是三宅做的,但是我们和他已经不在一个世界了。我们两个跟大妈似的,一直僵坐在角落里。

所以,原来关系再好,各自世界也会渐渐不同,很多人最终会成为另一个世界的人。

这样的话,我们只能算是过去关系好吧。我们无措,他应该也无措吧。不过,过去的朋友都很成功,怎么说呢,我还是挺开心的。

还有啊,有的朋友就算没有出名,变得特别有钱也挺为难。他就得费心照顾穷人的感受。

争吵与安慰

😃 你长大后的这些朋友里,有没有跟你绝交的?

🌛 有。

😃 怎么回事呢?

🌛 闹别扭了,肯定是各打五十大板,不能由一方判定谁错了,对吧?我有两个绝交的朋友。

😃 说来听听?

🌛 因为比较执拗吧。

其中一个啊,是偶然认识的朋友,很长时间里我们关系都很好。我们工作的领域完全不同,如果工作上没有交集,我们的关系肯定很好,可是我们一起共事了。钱的问题变得不清不楚。

后来,我就说,你把财务的事理理清楚吧。结果那个人不愿意。我们是多年的好友了,要是最后因为钱的问题闹得不愉快,也太遗憾了。所以,我去问,到底准备怎么办。那人说:"钱和友情,问我选哪个,我选钱。"我心想"啊?",撂下一句"明白了",从此和这人一刀两断。

☺ 那另一个呢?

☽ 另一个是我上预备校时的朋友,人特别好,脾气也很好,耐不住他老婆是个奇葩,喜欢背地里挑事,经常跟人闹矛盾。拜这个老婆所赐,很多人都跟他翻脸了。

我跟他那个老婆吵过架,跟黑帮混混似的,说的话狠得不得了。"你,好自为之!"连我自己听了都吓一跳。

那个男的人很好,所以大家都说:"他多好啊。我也想看看他会变成什么样的老头儿啊,可惜了。唉,要是敢只跟她丈夫来往,恐怕得出大事吧。"虽然惹麻烦的是那老婆,可是他身为丈夫好像也很苦恼。不过,我还是说了很飒的话。对那个丈夫说的,"你可真是宁舍百友也不舍老婆啊!"

☺ 是啊,要朋友,还是要老婆,结了婚就只能选老婆啊。

你有没有跟哪个朋友没有绝交,但吵过架的?

☾ 有啊。

😀 怎么和好的呢?

😃 这个嘛,有两种方法。吵架,往往是因为一方在平时积压了不满,在某件具体的事情上爆发,然后又在某个方向上猛地走弯了。只有一方生气时,另一方还能冷静地看清方向,但有时双方都激动起来了,就不好办了。不管怎样,先道歉。单方面地道歉。

😀 打电话道歉?

😃 尽量亲自去,当面道歉。我很狡猾,一边道歉,一边还是要坚持己见,边说边道歉。

当然也要心平气和地听取对方的意见,某个部分不好,但是那样想也是可以的,马上再道歉,沟通的过程中就和好了。一旦缓和了,就要马不停蹄地一而再,再而三地彰显自己毫不在意的态度,安抚对方,直到两个人像平时一样。

😃 哈哈哈哈哈,另一种呢?

🌙 另一种就是晾着。

😃 晾多久呢?

🌙 看情况,严重时晾好几年。

😃 好几年?

🌙 对,晾着没事。时间过着过着,不愉快就淡了,忘了。真的,然后,说不上为什么,就缓缓回到原来的样子了。

😃 装糊涂吗?

🌙 不是装糊涂。是情自然又唤起了情呀。

无意义的事至关重要

🅠 你不是经常和朋友煲电话粥嘛。现在的孩子,听说连男生都喜欢煲电话粥,你怎么看?

🅐 挺好的呀,总比没有可以打电话的人好,比天天学习没时间打电话好啊。说句闲话,我觉得孩子们聊的都是些傻事。这是大人的看法。傻事其实很有必要。

无意义的事至关重要,我小时候也忘了这一点。但是,我看着孩子觉得,所谓的教育,如果剥离掉无用的事是不成立的吧。我家的孩子,学校的校长说,他们这些孩子是地域共同体式的交友关系,有点儿必须靠相互选择才能做成朋友的意思。不过,我观察我家的孩子,他们的友情更浓厚,情义也很牢固。就是情深吧。

站在孩子的立场上想,我觉得自己小时候也是这样,但是从教育的角度上看应该不一样吧。我觉得孩子有特别好的朋友会很开心,但是可能在学校看来他就不是一个好学生。

我家孩子哪,从小学一年级开始就有一个兄弟同盟。里面有三个人,三个人都喜欢同一个女生,于是缔结了谁都不能对她下手的君子协定,那是他们七岁时候的事。一直持续到现在。

他们后来不在一个地方,也不在一个学校了。中间发生了很多有意思的事,但是一直坚决不解散,其他两个人都是尖子生,走上了精英路线,他们几个挺特别的。

其中一个人考上了有名的私立大学,但他说后来再也没能结识像我儿子这样的朋友,还挺寂寞的。他说,他们同学表面上都挺合拍,挺亲热的,其实并不是真正的朋友。都是优等生,却不会坦诚相待。

他说,所以,真正的朋友就是七岁开始的兄弟同盟,无论发生什么都没关系。

😊 现在的男生里,这种友谊也很少见了。

🌙 我也觉得。

他们三个一聚到一起,就特别傻。还跟小学时一样,我儿子还对人家尖子生说教:"你啊,得更自立些才行呀。"还说,他们以后肯定会各自走上不同的方向,谁知道会怎样呢。

地域共同体式的友情有什么不行呢?

从老师的角度来看,可能觉得彼此舔舐伤口什么的不好吧。得相互鞭策上进才行吧。

但是,看看就会发现,他们也许没有在学习上这么做,却在人生里相互鞭策了。看似掉队了,其实并没有在人生里掉队。

作为人,他们拥有非常真挚的情感。我对

这些孩子们都很放心。都应该像我一样支持孩子们。

😊 应该支持。

🌙 可是,老师好像觉得他们都是废物。

😊 所以啊,就像你说的一样,感觉自己不被理解这种事,也是有必要的吧?友情不就是寻求相互理解嘛,你自己不也有这样的经历吗?只有这样,才能从老师那里、父母那里独立出来吧。你希望自己的孩子是老师喜欢的那种孩子吗?

🌙 嗯。嗯……可是,人肯定不想自己被当成废物。人并不是废物啊。

😊 你有很多朋友,像我就总有种自卑感。总想着自己这种人是不是有些不通情理啊。

😊　可是,我有一个根本性的观点:人是靠弱点相互支撑的。我难免会想,自己是不是想错了?是不是把这种想法也遗传给了孩子? 所以,他要是被当成废物,我不也是废物嘛!

😊　你这样,不行。一到孩子的事情上,完全不行。他是个大人了,一直在努力脱离你,不想再依靠你。可你还是离不开孩子。他已经不需要你了。你想想自己那时候。

😊　我知道啊。我只是没办法认为他的朋友是废物。我很喜欢他们。但是,我也知道,所谓的教育必须要把他们划归为废物才成立。教育到底是什么啊。

😊　你啊,就别在这儿高谈教育了。

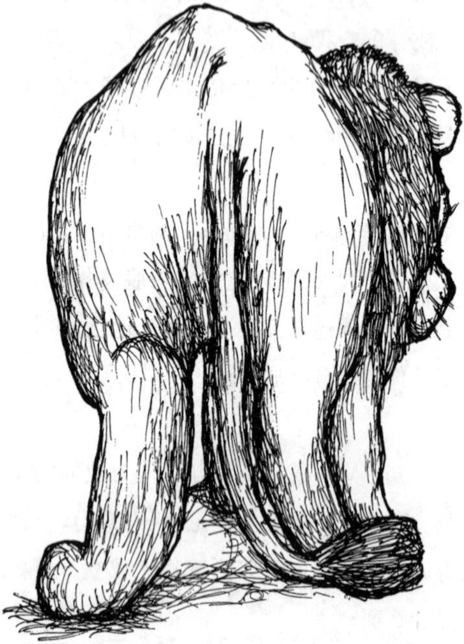

今天就到此为止吧。不能聊了。

✤

😊 好了吗?

🌙 好了,不好意思。

😊 你有跟自己年龄悬殊特别大的朋友吗?很特别的阿姨之类的。

🌙 嗯……

😊 那个人算吗?石井的妈妈。

🌙 噢,是啊。她都八十二岁了,是啊,她是我朋友的妈妈,但更是我的朋友。
　　我从她身上啊,可以共情女人这一生。

我们一开始还不是朋友。她女儿和我在同样的年龄生了孩子,我儿子出生后的第一次新生儿澡,就是她来给洗的。在我睡觉的时候。后来,她经常一并照顾她外孙和我儿子。这中间,她讲起了她丈夫的事,她特别迷恋他,那种迷恋可不是一星半点。

我对她的人生非常感兴趣。她说,她丈夫都死了四十年了,可是她再没也有见过那么好的人。我就喜欢上了她。现在啊,我俩还会大呼小叫地夸耀自己迷恋的男人。她特别厉害。她说:"我一个朋友都没有。有一个深爱的丈夫,什么话都能跟他讲,他又什么都懂,何必要朋友呢?"

😐 她丈夫肯定不是我这样的人。

🌛 哈哈哈哈。还有,我儿子的朋友也是我的朋友。我们相约一起去看电影,还打电话。我要是担心儿子了,他还给我写信。"他那家伙很成熟,一直比我踏实。他身上有很了不起的地方。阿姨你什么都不用担心。"他就是儿子从七岁开始就结下的那个兄弟同盟里的精英。

而且,我在儿子的恋人身上也能感受到友情。就算我儿子被甩了,我也想去找那女孩,对她说,干得漂亮,那种男的,算了吧。要是我儿子甩了人家,我就想去安慰那姑娘。我不希望他让女孩流泪。

😊 又说到你儿子的事了,不妙啊。

🌙 已经没事了。

友情是持续的

😀 你有很多朋友,却不社交啊。

🌙 我不会社交啊。

😀 你已经不需要新朋友了吗?

🌙 完全不需要。朋友嘛,花时间才会有意思。就算从现在开始花时间,也不会怎样了。怠慢已经花出去的时间,多可惜。我已经回不到小时候了。所以,比起像火花一样瞬间迸发的喜悦和悲伤,一点一滴共度人生更有意思。

生活里不会发生什么特别好玩的事,但是各自的人生里也不会频频发生意想不到的事。

大家至少你来我往,相互支撑。朋友不是家人,所以也成不了命运共同体。真正遇到难处了,真正能帮他的也只有家人。可是,要是家人成了一个人全部的人际关系,那也有点儿难办啊。

😀 没错。当今的社会里,朋友好像已经不再是社会构造中的组成部分了。特别是男人,只有家庭和工作。实际上,在血缘关系与社会之间,朋友也得是构成社会的人际关系要素,这样才比较好,可是越来越难了。

🌙 女人可能还是要交朋友的吧。

😀 那你和朋友会无话不谈吗?

🌙 看人,人不一样,说的话也不一样。比如,我有个朋友很讨厌聊日常的私人话题。我跟他只聊工作,聊抽象的内容。也有人听不懂任何抽象的表述，我们就仔仔细细掰扯，只聊具体的事。两种都很有意思，但是我觉得具体的事中更有人生奥义。即使聊得杂七杂八的，特别混乱。

我还有个朋友总能很自然地转换话题，什么什么时候大家好像经历了一样的人生，什么什么时候有过同样的担心和烦恼……

就感觉大家一直在同一条河里流淌，到最后就一头扎进海里死了吧。我时常觉得惊讶。啊，我十八岁时就认识这个人了，我们也曾有过青春啊。那时人生怎么就那么单纯呢。

我俩的孩子也年龄相仿。

她家孩子的皮肤光溜溜，软嘟嘟的，我都看呆了。那个孩子很惊叹，说："什么——？你们像我这般大时就是朋友了?"这种时候我特别高兴。"真好啊，我能不能交到这样的朋友啊。"听她这么一说，感觉像在夸我。

这本是给中学生、高中生的书，为什么我要

讲长大之后的朋友,因为友情是持续的。

我十八岁时结交的朋友,他们的孩子已经是大学生或高中生了。

我们是很好的朋友。孩子们也成了好朋友,于是关系就得到了延续。我小时候跟父母对着干,在外人面前却很老实,但会在一个从小就认识的阿姨那里撒娇,逞强,不能对父母说的话都会对她讲。

我儿子有一段时间几乎都住在我朋友家里。我朋友家的孩子也在我家住过。

孩子肯定不会跟自己的父母分享什么秘密,不是吗?他们这种新新人类跟我们同在一个屋檐下,可是他们身上却有一大堆我们不懂的地方。

我呢,也是从那个住在我家的孩子那里知道了很多让我大吃一惊的事,学校老师的事啊,那些所谓的不良少年想些什么啊,他如何和朋友相处啊,性的问题啊,等等,我们还抱在一起哭过。我完全不知道自己到底起了多大的作用,也不知道自己起的是不是好的作用,可是哪怕只是作为一个陌生大人陪在他身边,也有意义。

你看,说到自己孩子的事,我完全冷静不下来,但是面对朋友家的孩子,我就能相对客观一些,变成知心阿姨。这也是一种友情吧。

我有段时间也很受我父亲的朋友的照顾。

这种循环往复的牵绊不是只在血缘关系中才有,当人多好啊。

😀 成家,生子,必须有共通的生活轨迹才能这样吧,可是你不也有单身的朋友嘛。跟那些一直单身、工作也不同的朋友,你们都聊些什么呢?

🌙 这种朋友,我只有一个关系特别好的。我们的感受特别相像,我抛出去的东西,她能精准地接住,所以相处起来很舒服。

仔细想想,我和她似乎都有一种特质,就是都不太适应当今的社会,干什么都不干脆。总是拖泥带水。归根到底,什么都搞得乱七八糟的不也可以吗?矛盾才是人生啊。只有爱,最重要。这个爱,断得太干脆,不就奇怪了吗?我们相互鼓励说,当断则断啊,其实根本断不了。这世上,人就是会为了不被淹死紧紧抓住彼此吧。

😊 你不是每天都跟朋友打电话吗?
男人好像不会这么做。

🌙 想知道我跟我的女友们都聊些什么吗?

长大后的我和女友都聊些什么

大家都对自己有误解吧

★ 我本性很坏的。

☽ 你不是本性坏,是心眼坏啊。

★ 你知道?(笑)

☽ 怎么会!我从来没见你给我使过坏心眼。我才是心眼坏呢。

★ 可是,我心眼小。

☽ 怎么还较起劲了呢?

★ 我的确心眼小。看着我老妈,就像照镜子似的,我也差不多变成她那样了。(双拳捂脸,在沙发上蜷成了一团。)

☽ 喂,我说过吧,我在韩国有个朋友。好几年没见,后来见着了。我老了很多。没办法啊,当然会老了。不过,他见了我,你猜他说什么?他说:"人哪,会越来越像某人啊。"

★ 嗯……真会说话。嗯……啊,不要。本性不会变啊。再努力改变,别人看来基本还是一样。

☽ 但是,人也会自发地想要改变,这也不是多稀奇的事。具体发生了一些事,不得不做出改变,不也有这种事吗?

★ 比如呢?

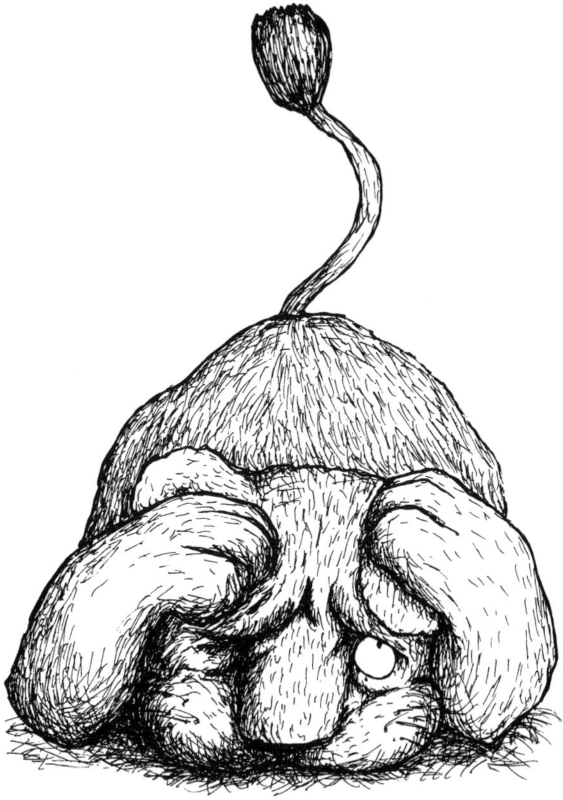

🌙　比如,养孩子不是很麻烦嘛。一个人没孩子之前,你会觉得他特别好,但是等他有了孩子,是不是就不这么想了？再比如,看见一个小孩染了黄头发,就算脑子里不想有什么偏见,但其实不也是得从偏见中挣脱才变得自由了嘛。不过,等一头黄毛的小子说他离家出走了,黄头发什么的就不是问题了。

★　可是,你说的这些到底是不是普遍存在的根本性问题,还很存疑。单说跟家里闹矛盾的黄毛小子,我没什么偏见。不过,出门看见绿头发的人,还是会有偏见吧。哈哈哈哈哈哈哈。

🌙　但是你已经变了呀。(如果没有那样的孩子,就不会理解这种事,不是吗？)

★　你是从什么时候开始觉得自己是这样的人呢？

☽　特别不好意思地说,最近才这样。

★　我也是最近的最近才这样。

☽　我以前一直觉得所有人都一样。因为都一样,所以可以共情,可以协作,可以相信世道等等。其实,即便发生了同样的事情,每个人的反应也完全不一样。

★　的确不一样啊。想想看,从小就有不一样的人。

☽　你有感觉到有人不一样吗?
　　更确切地说,你难道没那种感觉吗,觉得自己不合群?

★　是哦,确实是啊。

☽ 所有人在小时候都有这种感觉。

★ 为什么呢?

我一直觉得自己特别认真,可是老师觉得我根本不认真。那时我很困惑,心想为什么人就不能好好看看别人呢?

☽ 我小时候,一直觉得大家都对我有误解。

★ 嗯,我也有种这种感觉。我被朋友彻底孤立过,那时我感觉全世界都在与我为敌。

☽ 几岁时的事?

★ 初二左右吧。班上的同学一起排话剧,没有好故事,我就自己写剧本。我在儿童剧团待过,演技挺出类拔萃的(笑)。我想参演,但不想演主角,不想太惹眼。具体怎么回事,我都忘了,总之全班同学对我说了"NO"。虽说是全班同学一起决定的事,但主要还是因为大家都不喜欢我的表演方式。

🌙　觉得你演得太过了?

★　全班人说"NO",我觉得特别孤独,一个人从教室里出来,在走廊里待着。走廊里挂着标语啊,画啊什么的,那时我真的觉得世界上只有我一个人。

🌙　然后呢?

★　不记得了。走廊里有照片,所以我就在那里演(笑)。话说人真的会把不好的事都从记忆里赶出去哪。

我能想起来的,就是一直一个人在走廊里走来走去,看那些标语和画。

☽　真可怜啊。

★　真的很可怜。真的很寂寞。那时啊,我觉得是不是自己身上的某种东西让自己变成了这样。

☽　哈哈哈哈。

★　哈哈哈哈。所以,这件事就在我身上留下了残根,我会尽量压抑自己,尽量不去没事找事。
　　不过,我又是那种会生根的人(笑),所以常常很矛盾,变得左右摇摆。

☽　我啊,大家都觉得我冒冒失失,好出风头,喜欢调皮捣蛋。所以不知道为什么,只要有什么事搞砸了或者弄得不太好,他们就会说:"佐野干的,佐野干的。"明明不是我干的。然后,这事就了了。结果,等又有不好的事发生了,就又赖到我头上,特别恐怖,下次还是一模一样。

我气得不行。老师也那样想。

★ 你不辩解吗?

🌀 我一说,不是我,不是我,他们就认为我在撒谎。换作现在,这就是校园暴力了(笑)。

★ 大家可能都有过不被理解的经历吧。

🌀 应该是吧。不过,也有人是他本身什么样,别人对他印象就是什么样,没有偏差。

伤害他人的痛

☽ 我们小时候都聊些什么呢？

★ 最多的就是说老师坏话，说朋友坏话吧。

☽ 啊想起来了。是啊。你说得特别对。忘了。不好的事情都忘了。嗯……

★ 还是人际关系的事。这些都是相当重要的事。所谓社会，对我们来说只有学校，人际关系也都基本集中在学校里。在学校里确认自己的位置不就像公司的人事任命一样嘛。

现在的校园霸凌问题不也是人际问题嘛。从早到晚都是跟人打交道的问题，但学校和家长却在拼命吆喝,让孩子提高成绩,不是吗?

☽　是啊——

★　我说哪,我们那时就没有这样啊。

所以想想看,我们小时候经常走很远的路去找朋友玩啊,要走三四十分钟呢。傍晚时回家的路上,有充足的时间去思考,去感受。父母使唤我们去买什么东西时,路上也在想事情,空闲的时间很多。现在,没有这种时间了,一没事做就赶紧打开电视了。即使晃晃荡荡地去个什么地方也到处都是汽车轰隆的声音,不可能像过去那样一路想这想那了。

说起想起什么,我想到的就是学校鞋柜的角落让人一惊,或者放学回家走到桥那里时刚好夕阳西下。至于当年发生了什么,自己都做了些什么,我都想不起来了。

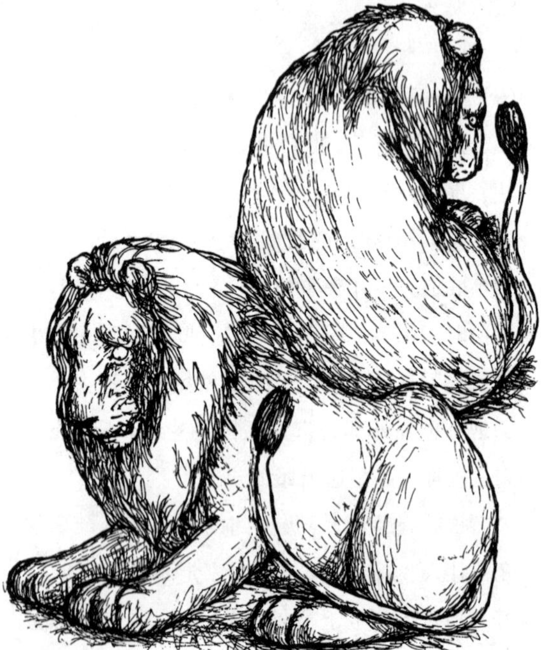

🌙 嗯,你从小就喜欢一个人待着吗?
比如放学回家时,不想和谁一起走吗?

★ 不喜欢啊。我到现在也不喜欢一个人。

🌙 可是,有人就是从小一个人抱着书包吧嗒吧嗒往回走。要是优等生的话,好像会给人一种孤高的感觉,特别棒。要是学习不好还一个人走,就感觉有些悲惨,可怜兮兮,孤零零的。

★ 是啊。

🌙 你有跟朋友吵架然后绝交的吗?

★ 绝交倒没有。但是,我不小心伤害过别人,关系就很难继续下去了,到现在都很难释怀。我一直很想再见见那个人。

是我高中时很好的朋友,她特别好,表里如

一,特别好。她总是陪着我,真的是个奉献型的人(笑)。放学回家,我家在这边,她家在那边,但是你知道的,我这个人一到傍晚就开始磨磨蹭蹭,于是她不惜绕远,坐我的那趟电车陪我回家。

一毕业,朋友们立即开始组织聚会。大家都不用穿校服了,于是都花尽心思打扮得漂漂亮亮的来了。她穿了一件纯白衬衫,搭配深蓝色的短裙,特别土。我说:"你干什么啊,穿成这种穷学生的样子。"

我其实是无心的,并不想伤害她,她那样穿很适合她。但是,其他人都打扮得特别漂亮,她可能挺介意自己穿得不够好看吧。所以,我的话深深伤害到了她。

☽ 你说完就意识到了吗?

★ 没有。从那以后,她就不来参加聚会了。我们再也没见过。

我一想起来这事就特别挂怀。
但这也不是绝交。

☽　你有跟朋友吵架然后分开的吗？

★　表面上没有，都是慢慢疏远了。
嗯，有些人在处理人际关系上毫无节操，不是吗？我像是混黑帮的那种人，所以是讲恩义的。我不喜欢忘恩负义、活着根本不讲恩义的那种人。我和这种人处不来。

☽　我呢，要是感觉恩情太重，也挺困扰的。工作中就有很多这种情况，不是吗？我觉得某个人工作很出色，就时不时给他介绍些工作，都是机缘巧合而已，剩下的全靠他的实力。结果，每年中元节和年末他都要给我送礼，我就不喜欢。

★　这对他来说根本不算什么。对这种人来

说,只是机械性送礼中的一环而已,你不过几十个人中的一个罢了。

☽　啊哈哈哈哈。你真是门儿清啊。

★　对啊对啊。

☽　啊哈哈哈哈。你啊,在公事上门儿清,在你自己的事上,在男人的那些事上,怎么就弄不清了呢。

★　啊哈哈哈,你的朋友里,难道不分亲疏远近吗?

☽　分啊,为什么问这个呢? 那个人的话,借多少钱给他呢,还是把手头的钱全给他,就算借给他能顶用吗? 会有这些小九九吧。

适应人

★ 朋友需要年年月月的相互陪伴。可是,一月月一年年流淌的速度不尽相同,总有不顺畅的时候。经历啊,工作啊,一有不顺,就会出现顿滞。

☽ 你没有孩子,所以不怎么愿意聊孩子的话题吧。

★ 孩子的话题,聊聊一般的问题没什么。但是,如果对方拽着你一直聊孩子,那就像被迫看不想看的别人家的相册一样。

☽ 那你一聊男人的话题,没有男人的人岂不是很烦,就像被迫看男人的相册一样?

　　男人啊,不都全心扑在工作上了嘛。真可怜哟。他们只有社会生活。只有社会生活,不就是没有感情生活吗?

★　跟你说啊,有件很好笑的事。我早上不是出门散步嘛,然后发现那些大叔啊从来都不闲着。一到六点,突然就开始做广播体操了,还对坐在长椅上拿着收音机放音乐的那个人说谢谢,真人广播哟。啊哈哈哈哈。那些条条框框,他们觉得有义务去遵守,要是不这样,就难受。还有,小区的自治会应该都不知道,早上总会有十来个大叔和大妈提着塑料袋,从马路对面开始浩浩荡荡地捡垃圾。

　　大叔们都很认真地专心捡垃圾,但是大妈们可能走五十米也就是捡两次烟头什么的。捡完就开始叽叽喳喳聊天(笑)。

　　纵观一生的话,男人既认真也可怜啊。

咦,会不会是因为语言的缘故啊,男人聊天是功能性的,为了传达,为了承认些什么。男人不说闲话。说话一定有目的,有结果,如果不起什么作用,语言就丧失功能了吧。

女人生了孩子,小宝宝什么都听不懂,女人也要哇哇哇地说说说,语言从很久以前开始就是为了传递感情。男人不太会跟小宝宝聊天,也不会跟动物聊天,不是吗?

☽ 男人嘛,总想去解决问题,不这样,心里过不去。大巴游什么的,精神抖擞的大妈们一拥而上,大叔都被扔在家里了。

★ 真是这样啊。女人已经不再热心鼓动男人,非让他们干什么了吧?哈哈哈哈哈。

我妈妈已经八十岁了,说,有朋友真好啊。

☽ 其实小时候可能并不需要朋友。

★ 嗯,只要是玩,跟谁都行。

☽ 朋友只是玩耍的道具,不是吗?
　　不过,等上了年纪,是否还需要朋友,就要看他年轻时候的人际关系是什么样了。

★ 你遭遇过背叛吗?

☽ 长大后吗?没有。
　　背叛了什么,这种事很难下定论。

★ 小时候啊,曾经有个朋友刚刚还说我是她的好朋友,一转眼就投奔另一个小团体去了,还说我的坏话。我那时的绝望感特别强烈。

☽ 小时候,这种事像涂油漆似的,会一遍接一遍地反复发生,我肯定也这样对待过别人。没有这种事,也许就学不会去适应人。父母总说,跟人好好玩啊,但是只有好,也不好吧。

★　就是要认识现实啊。理解会有一些不如意、不合理的事。

☽　小小的"被无视",每天都常有啊。

肆意任性

★ 我一不高兴,就没辙了。有人在,我会努力愉快地去平复情绪,但还是会越陷越深,出不来。

☽ 你本身就是个不高兴的人啊。

★ 你呢?

☽ 我不是不高兴,是不爱搭理人。

★ 你什么时候会不想搭理人啊?

☽ 有外国人的时候。

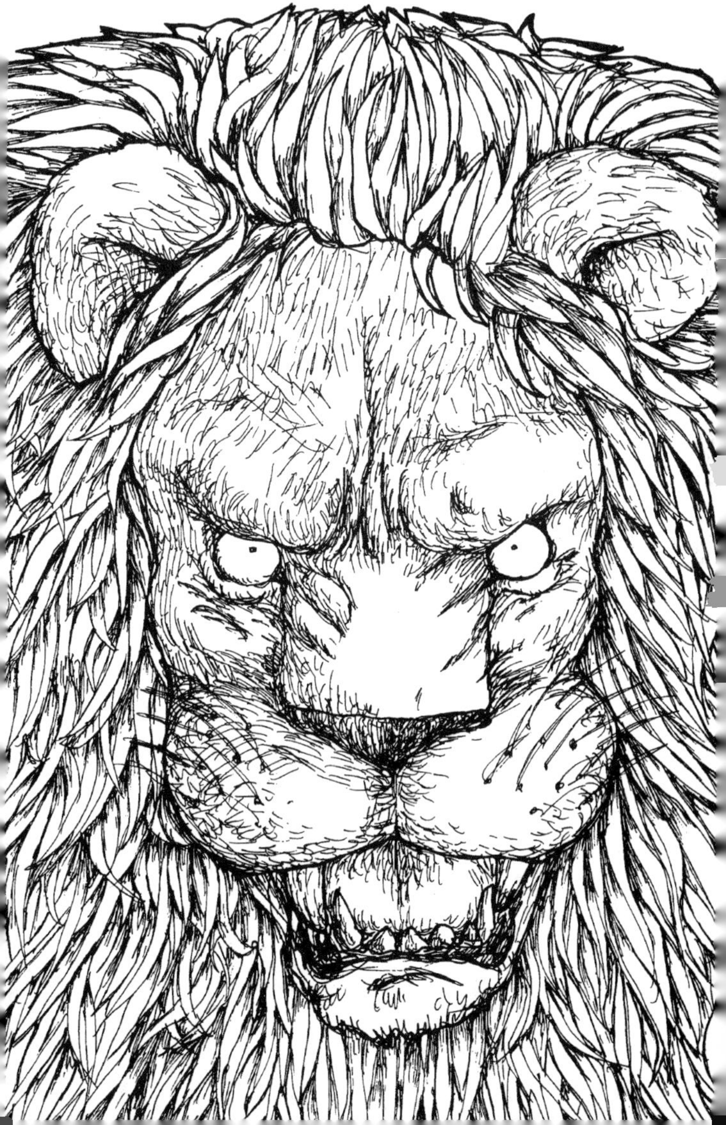

★ 没有外国人的时候,你不也黑沉个脸,跟块石头似的。

你不感兴趣的事,就是不感兴趣,表现得很直接。世界上的大部分人都不会在人前表现得那么不高兴。

☽ 喂,大家都是在哪儿学的?明明不感兴趣,还嘻嘻哈哈地帮腔,乱点头。

★ 这是社会常识啊。话说,你从来都没这样做过。有时真为你捏把汗。你就不能稍微学学吗?

☽ 已经来不及了。

★ 来不及了啊。

☽ 喂,你饿吗?

★ 是哦,你一问就饿了。

☽ 吃个乌冬面?

★ 你,喜欢乌冬?

☽ 还是吃素面?

★ 我不喜欢素面。吃凉面吧。

☽ 有什么区别呢。

★ 素面的话,我喜欢粗一点的。

☽ 粗一点的素面不就是凉面嘛。

★ 你家有什么?

☽　昨晚的剩饭。我喜欢酱油渍生金枪鱼。

★　这个配米饭吃。墨鱼刺身怎么样?
　　啊,对了,那个,炒炒吧,放点儿蒜,还有黄油。

☽　行。

☽　跟昨晚一样吃米饭啊。

★　好啊,好啊,生活不就是这样吗?
　　我说啊,女人等上了年纪跟女人一起住,也能过得好好的。但是,男的上了年纪跟男的一起住,怎么看都怪怪的。很不方便啊,男人。

☽　土豆炖肉都炖化了。

☽　咱们俩最近才成朋友,其实十六七年前就认识了。在我的朋友里,你是很罕见的那种。一开始给了我很多工作,后来我们的关系就和工作没关系了。

★ 我很会看人啊。我一般不会跟人很亲近。

☽ 我第一次见你,是在你的公司里,当时觉得东京竟然有这么厉害的人啊,虽然那时我已经来东京十多年了。你坐在垃圾箱上,两腿叉开,吧嗒吧嗒抽着烟,对着一位挺厉害的大叔,怎么说呢,摆出一副"我给你讲讲"的架势。怎么说呢,真是让我大开眼界,由衷佩服。你看着好凶啊。

★ 我都忘了,但是说不上为什么,我挺喜欢你。我可是很少会喜欢谁(笑)。

☽ 谢谢(笑)。

★ 我很谨慎,需要跟人一点点酝酿感情,慢慢了解后才会成为朋友。我啊,要等对方全裸了,自己才会一点点脱掉衣服。

☽ 怎么感觉有点儿下流呢。

★ 等回过神来,已经赤身裸体地缠在一起了(笑)。

☽ 别再语出惊人了啊。

★ 你是那种没有防备的人。
　这和某些恋爱很像,要是发生在男女之间,就朝恋爱的方向发展了。我觉得,友情和恋爱其实差不多一样,你看,都是在一片荒芜的地方突然冒出一株小芽。女人和女人之间不会说"我爱你"之类的话,但是会说喜欢啊,合得来啊,投缘啊,不是吗?成为朋友和成为恋人,过程都是一样的。

🌙　嗯……是你比较特别吧。这么说来,你这个人挺亲切的啊。

★　是吧?

🌙　你会假公济私,对吧。那次,你说,阿钦①要来接受采访。我是个追星族,说想看他,于是你就带我去富士电视台了。

★　我呢,通常绝不会干这种事。但是,一旦跟谁成了朋友,如果他跟人吵架,就算事情是黑的,我也要为他说成白的。跟黑帮似的。

---

① 即萩本钦一,日本著名的搞笑艺人、主持人、导演。

☽　哈哈哈哈，阿钦真好啊。他一直很照顾我们的感受，还对摄影师说："录完了，就赶紧回家吧。没必要守在这儿浪费工夫。"

★　是啊，他真的很好。他一直很照顾别人的感受，连续两个小时，相当累啊。

☽　然后，我们去你朋友那里休息了，对吧，还买了草莓。那时，你说，你小时候可是童星呢。结果，你朋友说，你们从小就是朋友，怎么从来没有听说过。然后，我仔细端详你的脸，想起《少女俱乐部》还是什么杂志的封面上，那个戴着这么大个蝴蝶似的蝴蝶结的女孩，原来就是你啊，原来你有过那么辉煌的过去啊。我是个追星族，所以特别震惊。

　　我总是想撮合你和我的朋友认识，可是你这个人，太难了（笑）。介绍你跟人认识，太难了。

★ 这么说来,人和人并不会慢慢形成一个朋友圈啊。

🌙 你是挺难的(笑)。你经常在我家见到我的朋友,但是和他们完全成不了朋友,不是吗?

★ 喂,我可是重情重义的人,所以不和你争地盘啊(笑)。

🌙 果然是黑帮哟(笑)。

★ 你知道你的任性让我有多来气吗?

🌙 啊? 我,任性? 你这么一说,我觉得我最近是挺任性的。

★ 你是天生的。

☽　具体说说。

★　说哪件(笑)?

☽　哈哈哈哈,哪件都行。

★　你啊,哪一次来着,我在家组织了一次聚会,做了很多好吃的,想给你这个不好相处的人介绍几个朋友。我们等啊等,结果你带了我完全不认识的朋友来。想着你好不容易来了,结果才不到五分钟,一个男的打电话来,你丢下带来的朋友,就跑去找男人了,是不是?你换作那个被你抛下的朋友想想,相当奇怪吧。

☽　哈哈哈哈。

★　不过,那个女的也是不得了啊。好像很无所谓。

🌛 我走后，你就开始说我的坏话，没完没了地说了好几个小时。

★ 当然了。
你啊，干出这种事情，你那朋友也不生气。

🌛 她一点儿都不生气。别看我这样，过去可是帮过她大忙的。

她那个人啊，学生时代跟男人过夜时，一定会来找我住在我那里。我都没有男人，还说："我懂，我懂。"（笑）

她父母一直觉得我是她很好的朋友。好朋友，其实就是最坏的朋友。

在我看来，你更任性啊。

★ 可是，我从不干具体的坏事，所以别人很难指责我什么。

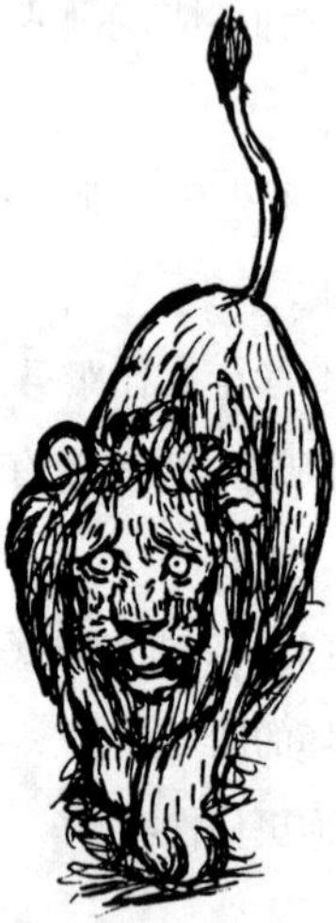

☽　单这一点,就说明你天生任性。你就是用任性造的(笑)。

★　可是,你很难指责我什么,对吧(笑)。

☽　那是因为我很宽容。我又不是什么品格高尚的人,所以很宽容。我自己很任性,所以也允许别人任性。因为我允许别人任性,所以也希望别人允许我任性,就是这种企图心昭然若揭的宽容。

★　我是"就要这个"的那种类型,所以不希望别人违背我的想法。你可真是不像话。一碰上孩子的事、男人的事,我都没眼看(笑)。
　　在孩子和男人的事上,你已经是杰出人物了啊(笑)。

☽　我可不想当杰出人物啊。

★ 啊,我气量小,心眼坏,越来越像我父母了,烦啊烦。

你知道吗,我今天收到了一张从北海道寄来的明信片,说:"丁香花开了。丁香花开在了我寂寞的心里,妻子也神采奕奕地笑着。"一年一次,这明信片像风一样到来,还有这样的人,不是吗?我们倒也不是特别亲近的朋友,但是我心里很高兴。两个人远隔两地后,一想到"啊,自己和那么遥远的地方还有关联",就会觉得世界啊,宇宙啊,是跟自己有关的,不就会觉得格外安心吗?

我甚至会想到,北海道的丁香花和我家的蒲公英是连在一起的。有很亲密的朋友,也有身在遥远的地方、像一束淡淡的光一样的朋友,不也挺好的吗?这种时候,我就变宽广了,心胸非常开阔。嗯,我并不总是气量小。

还有,就是最近,我正在街上走,卖章鱼小

丸子的大叔突然叫了声"大鹅"。那是我小学时的朋友,毕业后再也没见过。"大鹅"是我的外号。再见真亲切啊,他说,来吃一个。给了我一碟章鱼小丸子。我就蹲在路边吃起来了。

"你怎么一点都没变。"我看看他,虽然头发秃了,面容还是跟原来一样。"你不也没变。"不知怎么,我俩就坐在路边笑了起来。他说:"好好的啊。""你也是。"我朝他挥挥手。这样不也很好嘛。嗯。

❖

小学一年级的夏天,战争结束了。想来,那年只上了一个学期的课。中国小学生乱哄哄地拥进学校,我们在楼梯上擦肩而过。中国孩子的眼睛里闪着欢天喜地的光芒。我们是什么表情呢?

小学一年级的朋友里,我记得住姓的,只有

花畑君。花畑某某,某某的部分记不得了。花畑是年级长,和我同桌。上课时,花畑有时会突然把手伸进我的裙子里。这事十分困扰我。我一叫嚷,就会遭到老师的呵斥。我只好窝着火,特别讨厌花畑。但是,要是我忘带了什么东西,花畑就会说,回去拿吧,然后在休息时间陪我一起回家拿。我们一路手拉手,气喘吁吁地边说边走,那时我又特别喜欢他。

除此之外,我什么都不记得了。不能上学后,我再也没有见过他。入学仪式时的合影还在,可是我也不知道哪个是他。他家是什么情况,他有没有兄弟,我都一无所知。

我只记得他把手伸进我裙子里时的困惑和与他手拉手一起走时的喜悦心情。我还记得一个朋友叫绢子,特别可爱。可我不知道她姓什么。不能上学后,我们两家离得很近,我时常去找她玩。

绢子的爸爸去打仗了,再也没有回来。她

妈妈有肺病，总是在被窝里躺着。她还有一个小妹妹。绢子在学校都很安静，在家里更安静。她的小妹妹也很安静。她家里总是静悄悄的。有时绢子的妈妈会坐起来，睡衣外面罩着一件羽织，羽织上绣着硕大的美丽花朵，这种时候绢子的脸上啪一下就高兴起来了。

绢子也好，绢子妹妹也好，在我看来都是漂亮得像人偶一样的孩子，而坐起来后身穿大花羽织的绢子妈妈简直不像真实存在的人。很久以后，当我看到竹久梦二的画时，我想起绢子的妈妈，觉得还是她更美更温柔。

一天，绢子的妈妈在火盆上放了一个平底锅煎豆腐，豆腐切得很薄，她的手指白皙纤细，捏着筷子，时不时给豆腐翻面。绢子、绢子妹妹和我围坐在火盆旁，直直地盯着平底锅里的豆腐和绢子妈妈的手。

没过多久，我妈妈说，绢子妈妈死了。我沉默了。那么美的人死了啊，我心想。六岁的我不知道如何是好。只好沉默。

大街上开始出现很多无所事事的流浪儿。

后来,我回到日本,经历数次转学,成了中学生。一点点长大后,一想到绢子,胸口便窒息般疼痛。长大生子后,变得更严重了,一想到她,就会流泪。

我在静冈的小学毕业,回静冈参加过一次小学同学的聚会。静冈的很多朋友一直住在出生时的家里,子承父业,娶妻生子。他们和小学时的朋友一直都是朋友。即便成了中年大叔,一到晚上,还是会约小学时的朋友一家接一家地喝酒。有时我一回去,"噢,佐野啊,等一下。我现在就叫大家来。"朋友立即开始一个接一个地打电话。

我在开寿司店的朋友那里等,很快,过去一起打棒球还总是打架的那帮男生就都来了。有人在银行工作,有人当了老师,还有人成了婴幼儿用品店的老板。"鸵鸟""蒲棒""冈斯"等等,大家叫着过去的外号。他们一直都是朋友。听说,他们昨天也在这家寿司店喝酒,还给一直娶不上媳妇的洋服屋家的儿子安排了好几次相亲。

友情即岁月。就算儿时只是彼此玩耍的道具,岁月也将教会人生何为朋友。我的朋友一直在变,我交了很多朋友。我也有那种相约老了一起去养老院的朋友,感受过拥有挚友的幸福。可是,回到静冈,看到当年的同学一直在出生的土地上几十年如一日地每天和儿时的朋友在一起,心里的羡慕就像从大地上长出的茂盛森林。

童年时光是燃在当下的。当下的所有悲喜,都遍及全身。正因为遍及全身,那才是真正的悲喜。羞耻、屈辱、憎恶、背叛、羡慕、尊敬、憧憬,所有感情,整个吞下。吃下就会成为养分,但是要花上好几年,有时甚至是几十年。

感情这种东西,身体感受到的和理解到的完全不同。我小时候的经历很平凡,每个小孩都经历过,可是如果没有这种平凡,我便无法成为一个平凡的大人吧。

不过,我始终觉得很遗憾的是,我再也没机会见到小学时在中国认识的朋友了。我不曾把一株小芽培育成大树,想想挺落寞的。为什么呢,因为友情是持续的,因为我们在死之前要一直活着。

活着的时候,人无法一个人活。状况好时,人有时会想要一个人活着,但是极度幸福的时候,幸福就不是自己一个人的了,会想和其他人分享。或者,虚弱得一塌糊涂的时候,就会晃晃悠悠地去找别人,不一会儿,就会向对方寻求支持。没完没了地发牢骚,呕吐一通,心情就变好了,别人要拿起抹布擦净呕吐物。收拾别人的呕吐物也是人生的一大喜悦。

中学时经常挖苦我朋友的母亲,如今都七十多岁了。

母亲有时来我家,会见到我的那几个朋友。"你啊,还真是有好朋友啊。"母亲由衷地感到意外。有个朋友特别聒噪,我也不在意。母亲对她说:"你一来,她都变开朗了。她这个孩子又阴郁又神经质,你在,我真的就放心了。你们要好好相处啊。"

聒噪的朋友高兴地说:"哪里哪里,我答应过的,把她交给我。"朋友的母亲也是在七十岁时做了一次大手术,胃被切除了五分之四。一个月寸步不离照顾她母亲的人,还是这个七十岁老母亲自己的朋友。

做完胃切除手术后,她母亲握着我朋友的手,对我们说:"你们还要工作吧。回去吧。""这里里外外的,真是不好意思。麻烦您了。"我们对老母亲的朋友鞠躬致歉,然后回到各自的生活里。她母亲说不定会对朋友说:"儿女真是指望不上啊。"母亲的朋友或许比母亲离家的女儿更能理解她,也更能在现实中给她支撑吧。

我们这些孩子对母亲的朋友万分感激。我母亲中年丧偶,独自拉扯四个孩子长大,要是她没有朋友该怎么办啊,我一想到这里就觉得害怕。

我永远成不了母亲心中理想的女儿。母亲有时和朋友一起去泡温泉,不孝顺的我就感觉很放心,太好了,妈妈有朋友太好了。

"阿姨,我妈那么任性,这个那个的,真是太感谢您了,以后还要请您多担待。"我鞠躬致谢。"说的什么话啊,洋子,你妈妈也照顾了我很多,这都是相互的。"我听了真的很开心。

我自顾自地希望,母亲的朋友比她更长寿。

母亲的朋友就是母亲用她的生活方式与人际关系造就的她自己。

终于,我也马上要到母亲的年纪了。

我想,紧紧拴住那些哪怕步履蹒跚,也会陪我一起去泡温泉的朋友吧!

后　记

有一次,朋友受伤住院了。这个朋友在我的朋友里算不上特别重要。因为我觉得她是个爱虚荣,爱撒谎,爱摆阔,只喜欢装腔作势的蠢货。我甚至经常觉得和她相处是在浪费时间。

她鼻子骨折了,脸盘正中央骨碌碌地缠了一圈又一圈的绷带。人横躺在床上,一看见我,从绷带里挤出来的眼睛和嘴巴露出笑意,笑着说:"疼疼疼。""怎么弄的?""马桶。""马桶怎么了?""唉,马桶。""太笨了吧。在马桶上把鼻子弄骨折？哪里？""不能告诉你,疼疼疼。"

奇幻电影主人公一般的朋友歪着嘴。我的眼泪一下子涌了出来。你看你,我又不是死了。你绝对不能死。脸中央缠着绷带的朋友在这一瞬间让我了解了她。

我的傻、我的无能、我的讨厌、我的乏味,这个人统统都接纳了。没有她,我的讨厌、我的乏味便无处可去,无法从我身体里溢出来。如果只拥有出色的、值得尊敬的朋友,那我得在多么贫瘠的土地上生存啊。两个人一起虚度了数不清的无用时光,我们吮吸着那些无用,才算活着。

送来的梨,两个人扔来扔去。"我不要,拿走。""我绝对不会拿走,死都不拿走。""你这种人,我再也不想看见你了。""绝交了我才清净呢。浑身舒坦。"两个人哭着你一句我一句,恨不得把门摔坏。

做腹腔手术的时候,我抱着还没拆线的肚子,用公共电话打电话给她:"借我点儿住院费。"我的虚荣没有选择别人,选了她。

半夜,她突然来电:"今天住你家啊,拜托。""行。"我说。她也选择了不出色的我。

想来,朋友就是一起虚度无用时光的人。

什么都不用说,只是坐在石阶上,吹着风,几个小时哗一下过去了。朋友失恋了,除了给她盖上被子,我什么事都做不了。她在被子里捂着哭泣,我守在一旁,嚼木鱼花。

我习惯了朋友总是迟到,在咖啡馆看书消磨掉无用的时间。纠缠不休的苍蝇在我周围飞来飞去,弄得我烦躁不安。我光顾着怒瞪苍蝇,再低头往下看,看过的地方已经看过好多遍了。

朋友不会带来财富,也不会帮忙提升社会地位。如果想利用朋友达到这种目的,那么友情就是另一种东西了。最后,人会收获朋友给予的各式各样看得见以及看不见的东西,然而这只是结果,绝不是目的。

想种西红柿,西红柿就必须长在地上。需要雨水,也需要太阳。只考虑西红柿本身的话,土、雨水以及太阳都是无用的。(书店里虽然也卖无土栽培的西红柿,可是你不觉得奇怪吗?)

所以,我们感谢太阳,感谢土。土里乱七八

糟地混入了许多东西,细菌、臭鱼,什么都有。

　　脸上缠着绷带的朋友破涕为笑的时候,我想跪下来感谢某种说不清道不明的东西。哪有什么无用之物！人也是土,是太阳,是雨水。我喜欢无用的东西。喜欢不能立即起作用的东西,喜欢不知道该用在何处的东西。喜欢与效率、成绩、进步无关的东西。那才是最重要的东西。

　　我相信,最后经过岁月,吸收一切无用之物,人会各自结出适合他的西红柿。

　　书中采访我的,是谷川俊太郎。读了书稿的谷川,为了引出我和朋友之间的牵绊,给我讲了他自己的故事,并且表示愿意割爱,于是我请求将这部分收录进来。

　　男女不同,人与人之间的关系也因人完全不同,这一点特别有意思。我说:"谷川,你不是个正常人。"在谷川看来,我这个近乎非正常人的人也是个病人吧。

凑近去看,每个人都不普通,这是每个人固有的个性。

"喂,陪我聊个天?""什么都奉陪。"小形樱子连聊什么都没问就在我家过夜陪我聊天。"看看书稿?"我一问,她立即说:"好呀,好呀。都照你喜欢的来,谎话也好,编造的也好,都照你喜欢的来。"所以,有了这本书,谢谢。

我与人交往的历史以及我对人际关系的思考,并不会让每个人都有所共情。我有我的情况,每个人都有各自不同的情况。倘若我们有相似的经历,你能感同身受,或者你读到了一些稀奇的部分,能借此开始理解不同的事物,我就很开心了。

图书在版编目(CIP)数据

朋友无用 / (日)佐野洋子著;王之光译. — 北京:北京联合出版公司, 2025.8. — ISBN 978-7-5596-8014-3

Ⅰ. I313.65

中国国家版本馆CIP数据核字第2024GK3195号

TOMODACHI HA MUDA DEARU by Yoko Sano
Copyright © JIROCHO, Inc.
Illustration by Gen Hirose
All rights reserved.
Original Japanese edition published by Chikumashobo Ltd.
Simplified Chinese translation copyright © 2025 by Neo-cogito Culture Exchange Beijing Ltd
This Simplified Chinese edition published by arrangement with Chikumashobo Ltd., Tokyo, through
BARDON CHINESE CREATIVE AGENCY LIMITED

北京市版权局著作权合同登记　图字:01-2025-1463

朋友无用

作　　者:[日]佐野洋子
译　　者:王之光
出 品 人:赵红仕
出版统筹:杨全强　杨芳州
责任编辑:龚　将
策划编辑:玛　婴　王明娟
装帧设计:金　泉

北京联合出版公司出版
(北京市西城区德外大街83号楼9层　100088)
北京联合天畅文化传播公司发行
北京启航东方印刷有限公司印刷　新华书店经销
字数81千字　889毫米×1194毫米　1/32　6.375印张　插页2
2025年8月第1版　2025年8月第1次印刷
ISBN 978-7-5596-8014-3
定价:48.00元

版权所有,侵权必究
未经书面许可,不得以任何方式转载、复制、翻印本书部分或全部内容。
本书若有质量问题,请与本公司图书销售中心联系调换。电话:010-64258472-800